장편소설 6개월에 끝내기

소설 작법의 정석

장편소설 6개월에 끝내기

소설 작법의 정석

초판 1쇄 발행 2016년 8월 12일
초판 2쇄 발행 2018년 7월 12일
초판 3쇄 발행 2020년 9월 17일

지 은 이 한만수
펴 낸 이 최종숙
펴 낸 곳 글누림출판사

편집기획 이태곤
디 자 인 안혜진 최선주 김주화
편 집 문선희 권분옥 임애정
마 케 팅 박태훈 안현진

주 소 서울시 서초구 동광로 46길 6-6(반포4동 577-25) 문창빌딩 2층(06589)
전 화 02-3409-2055(대표), 2058(영업), 2060(편집)
팩 스 02-3409-2059
이 메 일 nurim3888@hanmail.net
블 로 그 blog.naver.com/geulnurim
홈페이지 www.geulnurim.com
북트레블러 post.naver.com/geulnurim
등록번호 제303-2005-000038호(2005. 10. 5)

정가 15,000원
ISBN 978-89-6327-346-4 03800

*이 도서의 국립중앙도서관 출판예정도서목록(CIP)은 서지정보유통지원시스템 홈페이지(http://seoji.nl.go.kr)와 국가자료공동목록시스템(http://www.nl.go.kr/kolisnet)에서 이용하실 수 있습니다.(CIP제어번호: CIP2016018247)

소설 작법의 정석

한만수 지음

장편소설 6개월에 끝내기

머리말

6개월이면 장편소설을 완성할 수 있을까?

그림을 좋아하는 사람은 미술적 소양이 없어도 그림을 그리고 싶은 충동에 사로잡힐 때가 있다. 그림만 그런 것이 아니다. 노래를 좋아하는 사람도 가끔은 노래 가사를 짓고 작곡을 하고 싶을 때가 있다. 드라마를 좋아하는 시청자도 스스로 드라마를 쓰고 싶은 욕망에 빠질 때가 있다.

소설은 그 빈도가 더 심하다. 그림이나 음악, 드라마 같은 경우는 최소한의 감각이라는 것이 있어야 한다. 예전에는 소설을 쓰려면 문방구에서 원고지를 일부러 사와야 했다. 요즈음은 가정마다 한 대 이상은 있는 컴퓨터 앞에 앉으면 누구나 바로 소설을 쓸 수 있다.

쓰기도 어렵지 않다. 굳이 학교 교실에 앉아서 소설창작법을 배우지 않아도, 문화센터나 학원에 가서 강의를 듣지 않아도, 인터넷을 검색해 보면 소설을 쓸 수 있는 방법이 홍수처럼 넘쳐난다.

문제는 대학에서 혹은 문화센터나 인터넷에서 알려주는 소설작법이 실제 창작 방법과 거리가 너무 멀다는 점이다. 인터넷으로 '그림 그리기'를 검색해 보면 처음 붓을 드는 사람도 그대로 따라 하면 그림을 그릴 수가 있다. 노래 작사도 생각나는 대로 적어서 작곡프로그램을 사용하면 최소한 흉내는 낼 수가 있다.

그러나 소설 쓰기는 그렇지 못하다. 기초 작법 방법을 아무리 찾아도 어떻게 시작을 해야 하는지 구체적으로 알려주는 곳이 없다. 학교에서도 다른 작품의 예를 들어서 이렇게 쓴다는 일반적인 방법만 제시를 해 줄 뿐이다.

그렇다고 전혀 방법이 없는 것은 아니다. '죽이 되든 밥이 되든 생각나는 대로 무작정 쓰다 보면 소설이 된다.' 그렇다. 『소설 작법의 정석』은 무작정 쓰다 보면 소설이 완성될 수 있다는 것에서 시작한다.

소설을 쓰고 싶다는 생각의 핵심은 그동안 단 한 번도 소설을 써 보지 않았지만 최소한 소설적 소양은 갖추고 있다는 점이다. 그럼에도 소설을 쓰지 못하는 이유는 방법론을 모르기 때문이며 그래서 평생 소설을 쓸 수가 없게 된다.

이 책은 소설을 한 번도 써 보지 않은 사람마저 책에서 지시를 하는 대로 쓰기만 하면 한 권의 소설을 완성할 수 있도록 단계별로 구성되어 있다. 단순한 발상에 의지해서 쓴 책은 결코 아니다.

저자가 직접 경험을 해 보고, 그 경험을 바탕으로 쓴 책이지만 단순히 저자의 경험에만 의존한 것도 아니다. 저자가 제시하는 방법대로 소설을 완성한 '70대 은퇴인'도 있다. 또한 대학에서 160여 명의 학생들을 대상으로 강의를 하면서 직접 활용해 본 성공적인 창작 방법이기도 하다.

중요한 것은 아무리 잘 드는 칼이라도 사용하지 않으면 그건 '칼'이 아니고 장식품에 불과하다는 것이다. 『소설 작법의 정석』이 아무리 좋은 길을 안내해 줘도 눈으로만 읽고 끝난다면 그냥 작법 책에 불과하다는 점을 명심해야 한다.

지금 당장 써야 한다. 지금 당장 쓰기 시작한다면 6개월 만에 장편소설을 완성할 수가 있다. 이미 단편이나 중편을 써 본 독자라면 훨씬 이른 시일에 장편을 완성할 수 있다.

끝으로 이 책의 일부 내용은 본인의 저서 『예비작가를 위한 실전 소설쓰기』(여성신문사刊)와 일반적인 부분은 중첩되고 있음을 밝힌다.

영동 우거에서

한만수

차례

PART 2 장편소설 무작정 따라 쓰기

PART 3 장편소설 쓰기

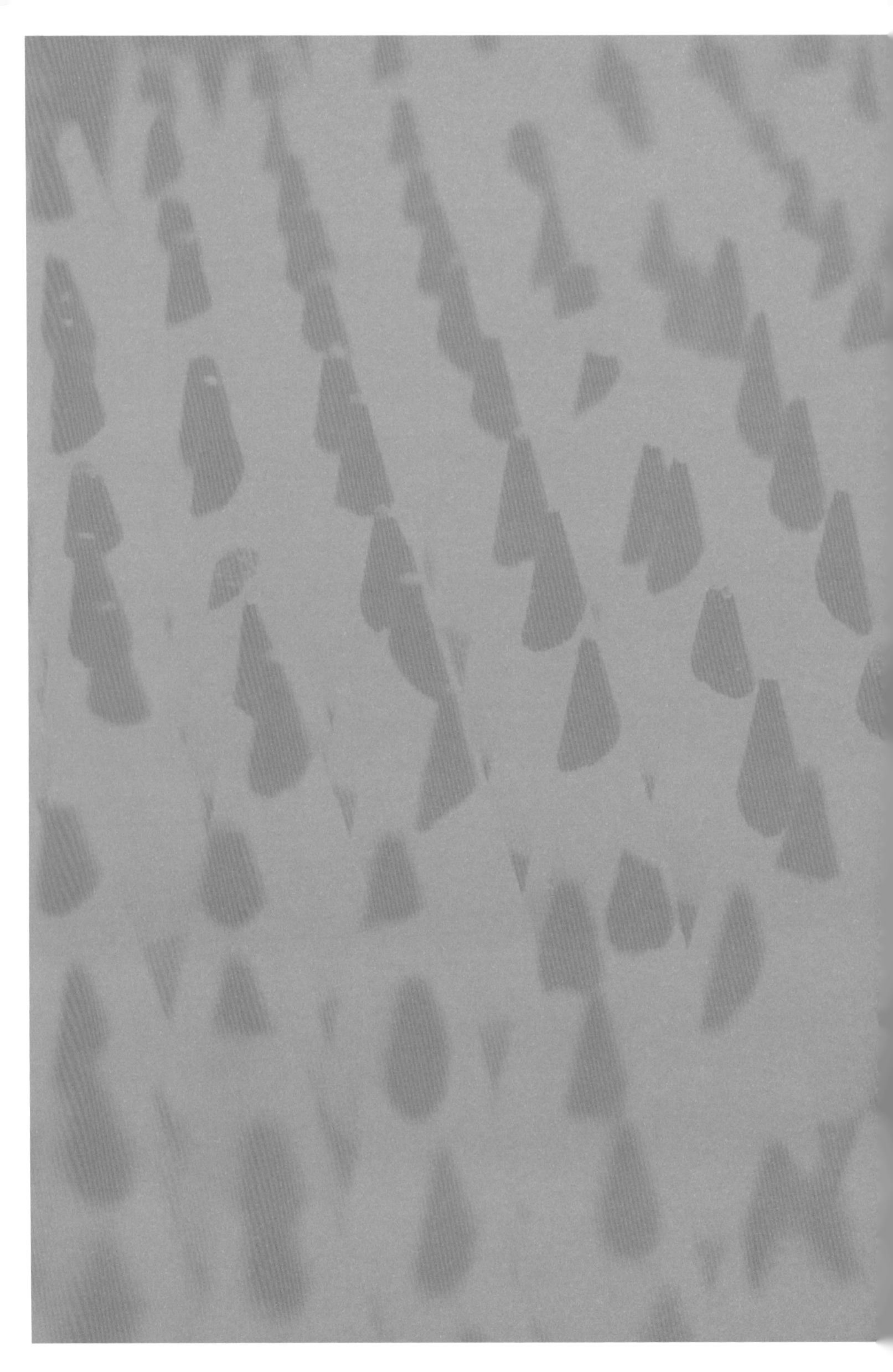

PART 1

작가가 되겠다는 생각으로 글을 써라

왜 당신은 소설을 쓰려고 하는가?

1. 어떤 각오로 시작하느냐에 따라서 결과가 다르다

어떠한 일을 망설이는 사람들에게 용기를 주는 말로 '죽이 되든 밥이 되든 해 봐'라는 말이 있다. 성공을 하든지 실패를 하든지 무조건 덤벼 보라는 말이다. 이때 결과는 일단 끝을 본 후에 판단할 수 있다. 밥을 지어 봐야 밥이 됐는지 죽이 됐는지 알 수 있다는 것이다.

소설도 그렇다. 주제가 있는지 없는지, 구성이 잘됐는지 안됐는지, 문학성이 있는지 없는지는 소설이 완성된 후에 판단해 볼 문제이다.

소설을 쓰려는 많은 분들에게 '소설을 어떻게 쓰느냐'라는 질문을 하면 거의 비슷한 대답을 하게 된다.

"주제를 먼저 설정 해 놓고 쓴다."

"어떻게 시작을 할 것인지 고민한다."

"반드시 완성을 하겠다는 각오로 시작을 한다."

질문에 대한 답변이 잘못되었다는 점은 아니다. 하지만 생각을 바꾸지 않으면 변화가 보이지 않는 법이다. 맥주컵으로 맥주만 마셔야 된다는 고정관념을 버려야, 맥주컵에 라면을 덜어 먹을 수 있다. 맥주컵으로 맥주만 마셔야 된다는 고정관념에 사로잡혀 있으면, 라면 냄비 옆에 청동맥주컵이 있어도 냄비 뚜껑에 먹게 된다.

당신이 처음 소설을 쓰려고 한다면, 또는 현재 소설을 쓰고 있어도 결과가 지지부진하다면, 글을 쓰려는 이유를 '작가가 되기 위해 글을 쓰겠다'는 생각으로 바꾸어야 한다.

당신은 궁극적으로 작가가 되기 위해 글을 쓰려고 한다. 앞의 대답들과 '작가가 되겠다는……'이라는 말은 얼핏 비슷하다고 볼 수도 있다.

직접 시험해 보라.

작가가 되겠다는 생각으로 글을 쓰기 시작하면 당신이 쓰고자 하는 단편이나 중편, 장편의 완성을 고민하지 않는다. 작품의 질을 생각하며 쓴다. 즉, 문학상에 응모하여 당선되겠다는, 또는 출간을 하여 베스트셀러는 못 돼도 제법 팔리는 책이 될 수 있다는 생각으로 글을 쓰게 될 것이다.

예컨대 당신은 처음 산에 오르려 한다. 등산을 시작하면서 산 정상에 올라가 할 일을 생각해 보자. 정상에 올라가서 사진을 찍겠다, 동료들에게 집에서 싸 온 김밥을 나누어주어야겠다, 땀도 나니까 가볍게 막걸리라도 한잔 하겠다, 라는 등 정상에서 할 일을 생각하며 산에 오르기 시작하면 반드시 정상에 도착할 수 있다.

산에 오르는 것은 처음이니까 계획대로 움직여야 한다는 생각에 지도를 펼쳐 놓고 어느 지점까지 올라가서 휴식을 취할까, 휴식은 몇 번이나 취해야 하나, 백 미터를 오르는 데 시간은 몇 분 정도 예상해야 하나, 하고 밤잠을 설쳐 가며 세밀한 계획을 짜다 보면 정작 밤잠을 설쳐서 다음 날은 산 정상은커녕 중간에서 포기하기가 쉽다.

소설 쓰기도 그렇다.

2. 왜 소설을 쓰려고 하는가?

왜 당신은 소설을 쓰려고 하는가? 이 질문은 당신이 소설가가 되려한다면 평생 꼬리표처럼 따라 붙을 것이다. 또한 질문에 대한 답변 또한 수시로 변하고 있다는 것을 느낄 것이다. 세상을 살아가면서 세상을 보는 시각이 변하는 것처럼 당신의 작품 역시 변하고 있다. 물론 윗말은 당신이 계속 소설을 쓴다는 전제하에 예측한 답변이다.

"나는 내 글이나 말로 여론 형성에 기여하려는 목표가 없다. 나의 논리 앞에 남을 대령시키려는 의도가 없다. 말을 가지고 남과 정의를 다투려는 의도가 없다. 나는 나의 내면을 드러내기 위해 글을 쓴다. 내면을 드러내서 그것이 남에게 이해를 받을 수 있으면 소통이 되는 것이고, 그렇지 않으면 나와 남의 차이를 확인하는 것이다. 나와 남의 차이를 확인하는 것도 크게 나쁜 일은 아니라고 생각한다."

이는 소설가 김훈이 한국프레스센터에서 한담(閑談)이라는 주제로 강연을 할 때 한 말이다. 또 다른 예를 들어 보자.

올해 그러니까 2016년 이상문학상을 탄 김경욱 작가는 '왜 소설을 쓰는가?'라는 질문에 "나는 소설을 쓸 때 가장 평화롭습니다"라고 대답했다. 김훈이 "나의 내면을 드러내기 위해 글을 쓴다"고 한 것과 얼핏 다른 말 같지만 마음을 다스린다는 광의적인 시선에서 보면 같은 맥락이 된다.

'왜 소설을 쓰려고 하는가?' 라는 질문에 대한 답변은 사람마다 모두 얼굴이 다르듯 작가들마다 개성도 다르기 때문에 각각의 추구점이 다를 것이다. 중요한 점이라면, 소설을 쓰는 이유는 모두 다르지만 그 심지(心地)는 소설을 쓰지 않고는 견디지 못한다는 것이다.

당신에게도 "소설을 쓰지 않고는 견딜 수가 없다"라는 말이 소설을 쓰려는 이유 중 가장 발가벗은 말이 될 것이다.

소설을 쓴다는 것, 특히 장편소설을 한 편 쓴다는 것은 말처럼 쉽지 않다. 더구나 당신이 처음 소설을 쓰려 한다면 원고지 한 장이 광활한 사막처럼 넓어 보일 것이다. 장대한 결심을 흐리지 않고 불철주야 노력을 한 끝에 장편소설 한 편을 완성했다고 쳐도 나라에서 당신에게 문화훈장을 주지 않는다.

당신을 잘 알고 있는 몇몇, 그것도 소설 쓰기가 얼마나 힘이 드는지를 알고 있는 지인들에게 "대단하다. 결국 완성했구나. 술 한잔 하자." 정도의 축하 겸 격려의 말을 듣는 게 각고의 노력 끝에 주어지는 보상 전부일 것이다.

그러나 당신의 영혼은 엄청난 변화를 누리고 있을 것으로 믿는다.

드디어 소설 한 편을 완성했다는 뿌듯한 자존감은 수박 겉껍질에 불과하다. 삶의 질이 소설을 완성하기 이전과 이후로 판이해지고 있다는 점을 스스로 느끼게 될 것이다.

소설을 완성하기 전에는 끼니로 끓여 먹는 라면 한 개가 생명을 연장하기 위한 수단에 불과했다면, 완성하고 난 후의 라면 한 개는 가난한 예술가의 진솔한 삶이 될 터이니 말이다.

또 하나 당신이 소설을 쓰려는 이유는 특별한 사람이기 때문이다.

당신의 특별한 그 무엇은 당신도 모를 수 있다. 하지만 눈으로 볼 수 있는 그림이나 조각, 귀로 들을 수 있는 음악을 작곡하는 것이 아니고 시간을 내서 장시간 읽어야 하는 장편소설을 쓰려 하는 당신은 분명 특별한 사람이다.

당신이 특별한 이유는 누구나 소설을 쓸 수 없기 때문이다. 요즘 거리에는 시인이 넘쳐 난다. 온갖 수식어를 갖다 붙인 동인지 형태의 문예지가 1천 종이 넘는다. 동인지 형태의 문예지도 모두 등단이라는 등용문을 세워 놓았다. 그러다 보니 대한민국은 '시인사회'가 되어 버렸다. 하지만 장편소설을 뽑는 문예지는 우리에게 익숙한 중앙 문예지 몇 군데밖에 없다는 사실을 봐도 당신이 특별한 이유가 성립된다.

3. 소설을 왜 쓰지 못하는가?

조선시대만 해도 글을 짓고 쓴다는 것은 지배층의 전유물이었다. 부정적인 측면으로 본다면 피지배계층의 지식 접근을 차단하여 권력을 유지하려는 목적일 것이다. 긍정적인 부분이라면 글을 쓴다는 것이 곧 문학을 한다는 것과 동의어라는 점이다.

근대교육이 이 땅에 뿌리를 내리기 시작하면서 문학은 지배층의 전유물이 아니라 부자들의 전유물이 되어 버렸다. 시를 쓰고 소설을 쓰기 위해서는 일본으로 유학을 가거나 고등교육을 받아야 했기 때문이다.

요즈음은 사정이 달라졌지만 예전에는 시를 짓고 소설을 쓸 수 있는 사람은 선천적으로 특별한 재능을 부여 받았다는 관념이 지배적이었다. 이른바 아무나 할 수 있는 분야가 아니라는 의미다.

시선을 바꾸어 보자. 소설가가 되기 위하여 국문과나 문예창작과에 다니는 학생들에게 소설을 쓸 수 있느냐고 물어보자.

"소설은 재능이 있는 사람들만 쓰는 것이 아닌가요?"

대다수의 학생들은 자신도 소설가가 되고 싶다고 하면서도 정작 소설은 아무나 쓸 수 있는 것이 아니라고 주장한다.

예를 한 가지 더 들어 보자.

이건 경험담이다. 문학하고는 거리가 먼, 이를테면 경찰행정학과라든지 건축학과, 컴퓨터공학과에 다니는 학생들에게 A4 용지 한 장 분량으로 자서전을 써 오라는 과제를 내주었다. 자서전을 쓰는 방법은 지극히 간단했다. 잘 쓰지 않아도 되며, 어법이나 문장력에 관계없이 그저 자기가 살아 온 생 중에서 기억에 남는 부분을 있는 그대로 써 오라는 과제였다.

제출한 과제물을 읽어 보니까 학생들은 놀랍게도 서술과 묘사도 수준급이었고 문장력도 기대치 이상이었다. 몇몇 학생은 A4 용지 한 장으로는 부족해서 몇 장씩 써 오기도 했다.

그 다음에는 특정한 주제를 주었다. 이를테면 '졸업 후의 꿈'이라는 주제를 주고 A4 용지 한 장 분량으로 써 오라는 과제를 냈다. 이번에는 지난번의 자서전을 본인들이 썼는지 의심이 갈 정도로 기대치 이하의 글들이 쏟아져 나왔다. 그 이유를 분석해 보았다.

- 문학이론이나 소설작법에서는 글은 아무나 쓰는 것이 아니라고 가르치고 있다.
- 글을 잘 쓰려면 노력이 아니라 천부적인 재능이 있어야 한다.
- 글 쓰는 것은 무조건 어렵다, 라고 교육을 받아 왔기 때문이다.

단순히 주제가 있는 글을 쓰는 것만 해도 진땀이 날 지경인데, 소설을 쓰라고 하면 고문이나 다름없을 것이다. 소설을 쓰려면 주제가 명확하여야 하고, 구성은 참신해야 하고, 문체는 간결해야 한다고 배웠다.

그러나 소설은 머리로 쓰는 것이 아니고, 손으로 쓰는 것이다. 또한 글에 소질이 있는 사람만 소설을 쓰는 것이 아니며, 천부적인 재질이 있어야 소설을 쓸 수 있는 것도 절대로 아니다. 누구나 소설을 쓸 수 있는데도 소설 쓰기를 어려워하고 경외시하는 것은 아래와 같은 이유 때문이라고 생각한다.

① 나는 소설을 쓸 수 없다는 선입관에 젖어서.
② 소설은 특별한 사람만 쓸 수 있다는 고정관념에 사로잡혀서.
③ 소설 문체는 따로 있다는 착각에 젖어 있어서.
④ 처음부터 뛰어난 소설을 써야 한다는 책임감에.
⑤ 소설 쓰는 건 무조건 어렵다는 생각에.

시작은 반이라는 말이 있다. 소설가가 되겠다는 꿈을 가지고 있다면 지금 당장 시작해야 한다. 시작을 하고 나서 진척이 되지 않는다면, 왜 진척이 되지 않는지 스스로를 검증해 볼 필요가 있다.

교도소에서 10년 세월을 보낸 전과자가 있었다. 출소를 하니 더 이상 죄를 짓지 않고는 의식주를 해결할 방법이 없었다. 장사를 하려면 돈이 있어야 하고, 취직을 하려면 전과가 없어야 하고, 하다못해 공사판에서 잡부로 일을 하려니까 교도소에서 10년씩이나 세월을 보냈더니 몸이 많이 약해져서 육체노동을 할 수는 없었다.

그래, 소설이나 쓰자.

그가 최후로 선택한 직업은 소설가였다. 다행히 그는 교도소에서 적지 않은 분량의 책을 읽었다. 소설가가 되기로 결심을 했지만 막상 마음먹고 나니 소설 쓰는 방법을 몰랐다. 그래서 좋은 작품들을 골라서 무조건 필사했다. 몇 개월 동안 필사를 하고 나니 자신도 모르게 문장력이 완성되었다. 결국 그는 등단했고, 소설가의 길을 걸을 수 있었다.

4. 당신은 소설가가 되고 싶은가?

소설을 잘 쓰려면 삼다(三多)가 있어야 한다고 말한다. 삼다라는 말은 많이 읽고 많이 생각하고 많이 써야 한다는 말이다. 이 중에 많이 읽고, 많이 생각하는 것은 얼마든지 가능하다. 하지만 아무리 많이 읽고, 많이 생각해도 많이 쓰기는 어려운 것이 현실이다.

상식적으로는 이해가 되지 않는다. 많이 읽었다는 말은 소설을 쓰는 데 필요한 많은 지식을 얻었다는 것과 같다. 많이 생각한다는 것은 어떻게 써야 좋은 소설을 쓸 수 있는지를 이미 알고 있다는 말과 같다. 이러한 것들을 기반으로 많이 쓰기만 하면 되는데 글이 써지지 않는 이유는 무엇일까?

뒤에서 언급을 하겠지만 많이 쓰기가 어려운 이유는 소설을 잘 쓰려는 의식이 글쓰기를 제어하고 있기 때문이다. 머릿속에 들어있는 수려한 문체로 글을 써야 하는데, 막상 컴퓨터 모니터에 문자화되는 글은 영 마음에 들지 않는다는 점 때문에 글을 쓰지 못하게 된다.

그러나 당신이 소설가가 되고 싶다면 무조건 써야 한다. 문체가 좋고 나쁘고는 상관없다. 글이 죽어 있는지 살아 있는지도 상관없으며, 질서가 있어도 없어도 상관없다. 앞의 삼다라는 단어가 말하듯 무조건 많이 쓰다보면 좋은 문체가 나올 수밖에 없다.

소설이라는 것이 시처럼 영감이 움직이는 속도와 손가락이 굴러가는 속도에 따라서 단시간에 완성되는 작업은 아니다. 장편소설 한 권을 쓰려면 적어도 천 매 이상의 원고를 써야 한다. 한마디로 엉덩이에 습진이 생기도록 앉아서 쓸 수 있는 인내가 필요하다는 것이다.

요즈음은 컴퓨터로 글을 많이 쓴다. 일천 매라면 A4 용지를 기준으로 글자크기 10포인트에 줄 간격 160, 오른쪽 왼쪽 간격을 주지 않고 130매 이상을 써야 한다.

하루 1장씩 쓴다면 초고 기준으로 130일이 걸린다는 계산이 나온다. 그 많은 양의 원고를 쓰려면 하루 몇 시간이고 꾸준히 소설을 쓸 수 있는 습관을 키워야 한다.

물론, 한 권의 소설을 완성하는 데 십 년 이상이 걸린 작가도 얼마든지 있다. 그렇다고 그들이 하루에 원고지 한 장씩 써 내려가느라 십 년이 걸리지는 않았다. 자료 수집에서부터 초고와 탈고까지 수많은 시간이 걸렸다는 것뿐이지 하루에 화장실에 앉아 있는 시간만큼 썼다는 이야기는 아닐 것이다.

그렇다면 당신은 일단 소설가가 되기 전에 한자리에 앉아서 몇 시간 동안 글을 써 본 적이 있는지 조용히 반문해 볼 필요가 있다는 것을 눈치챌 수 있다.

소설가가 되겠다는 꿈을 가졌다면 좋은 소설은 쓰지 못할망정 적어도 다른 사람들이 볼 때 '아, 저 사람은 지금 소설을 쓰고 있구나'라고 인정하게 만들어야 한다.

설령 단 한 줄도 쓰지 못해 똥 마려운 강아지마냥 낑낑거리고 있을지언정 최소한 하루에 대여섯 시간 이상은 컴퓨터 앞에 앉아 있을 수 있는 인내심이 있다면 당신은 머지않아 소설가가 될 수 있다.

다시 한 번 말하지만 소설은 머리로 생각하고 손으로 쓰는 것이다. 걸어 다니면서 소설을 쓸 수 없고, 친구와 커피숍에서 대화를 하면서 소설을 쓸 수는 없다.

조선왕조실록을 꿰고 있는 드라마작가이자 소설가인 신봉승 씨는 조선왕조실록을 완파하기 위하여 무려 10년이 넘는 세월 동안 하루 12시간 이상 앉아 있었다고 한다. 단순히 엉덩이에 쥐가 날 정도가 아니라 마비가 오고, 나중에는 걸어 다니는 것조차 힘들었다는 것이 그의 후일담이다.

처음부터 굉장한 소설을 쓰겠다고 생각하지 마라. 처음부터 일생일대의 작품을 쓰겠다는 원대한 꿈은 당신을 절망하게 만드는 지름길이다. 그냥 자신에게 편한 글을 엉덩이에 습진이 걸리도록 죽치고 앉아서 무조건 써라.

플롯이나 시점, 배경, 주제 따위를 완전히 무시해 버리고 내가 가장 쓰고 싶은 글을 생각나는 대로 손가락이 움직이는 대로 써라. 내가 가장 자신 있게 쓸 수 있는 소재가 첫사랑이라면 첫사랑 이야기를, 사춘기 때라면 방황하던 시절을, 군대 이야기라면 군대에서 있었던 일을 기승전결 따위는 무시해 버리고 무조건 생각나는 대로 쓰면서 컴퓨터 앞에 앉아 있는 시간을 늘리도록 훈련해라.

제목을 정하는 데 있어서도 주제나 메시지 같은 것은 염두에 두지 말고 생각나는 대로 쓰면 된다. '무인도', '보랏빛 향기', '데이지 꽃', '저녁노을', '아싸 노래방' 등 즉흥적으로 써 놓고 본론으로 들어가라. 그렇게 무조건적인 글쓰기를 한 달 정도 계속하다 보면 시나브로 당신은 진짜 소설을 쓰고 있다는 점을 스스로 깨우치게 될 것이다.

다시 한 번 말한다. 소설가가 되려면, 좋은 작품을 쓰려면 엉덩이가 무거워야 한다. 당장 지금부터 하루 세 시간 이상 소설을 써 보라! 당신은 필자의 말이 틀림없다는 것을 깨닫고 감격의 눈물을 흘리게 될 것이다.

5. 소설 쓰기는 어렵지 않다

소설이란 무엇인가?

누군가가 느닷없이 당신에게 '소설이란 무엇인가?'라고 질문을 하면 당신은 당황하다 못해 입술에 쥐가 날 것이다. 그 질문은 갑자기 "너의 가치가 무엇이냐?"라는 말을 들었을 때처럼 너무나 잘 알고 있는데도 선뜻 대답이 나오지 않는 모호함이 있다.

긴 이야기는 필요 없다. 소설의 정의는 생각 여하에 따라 간단하게 정의를 내릴 수도 있고, 전문적으로 정의를 내리면 책 한 권을 모두 할애해도 부족하다. 소설이란 단 두 글자만 가지고 먹고사는 사람들이 이 세상에는 너무 많기 때문이다. 그러나 적어도 소설가가 되려는 당신에게 어느 독자가 "소설이란 무엇인가?"라고 질문할 때를 대비해서 간단하게 짚고 넘어가기로 하자.

소설이 도대체 무엇인가라고 질문을 받는다면 헛기침하며 폼 잡을 필요가 없다.

어렵고 바쁜 세상에 소설을 읽어 주는 독자들이 있다는 것만 해도 소설가들은 감지덕지해야 할 것이다. 소설이란 그대로 '小'는 작다는 뜻이고. '設'은 어떤 고정된 난제를 서서히 풀어서 분해한다는 뜻으로 이해하면 된다.*

굳이 친절하게 보충 설명을 해 주고 싶다면 소설은 "어원적으로 어떤 고정된 난제를 풀어내는 이야기란 뜻" 정도로 해석해 주어라. 그래도 이해가 안 된다며 집요하게 묻는 독자가 있다면, 그 정성이 지극하니까 소설이란 보따리는 이렇게 생겼다는 것 정도는 보여 줘야 할 의무가 있다.

소설은 한마디로 거짓말이다. 좀 유식한 척한다면 "소설은 사실에 토대를 두고 있으면서, 그 사실을 구성하는데 있어서는 조작된 이야기, 즉 픽션(fiction)"이라고 해 두자. 좀 더 비약하자면 "소설이란 있을 법한 거짓말이다"라고 하면 명쾌할 것이다.

여기서 말하는 '있을 법한 거짓말'은 진실의 반대 개념이 아니다. 즉, 양치기 소년의 거짓말이 아니고 자신의 경험(직접적이든 간접적이든 상관없다)이나 체험을 허구적 사건 구조를 통하여, 언어를 매개로 서술한 서사 양식으로 보면 된다.

좀 더 구체적으로 설명을 하자면 독자를 감동시키기 위해 사실을 그럴듯하게 미화시킨다거나, 뺄 것은 빼고 덧붙일 것은 덧붙여서 독자가 완벽하게 속아 넘어가도록 만드는 작업이다.

아직도 이해가 되지 않는다면 구체적인 예를 들어 보기로 하자.

대부분의 사람들은 첫사랑의 아픔을 간직하고 있다. 당신의 경우

---

* 문덕수, 신상철 공저, 『문학일반의 이해』, 시문학사, 1992, p.179.

도 사춘기에 접어들 즈음에 내 숨결처럼 사랑하고 있었던 이성이 있었을 것이다. 둘은 불꽃같은 사랑을 했으나 어느 날 아주 사소한 오해로 인해 헤어졌다. 원래 남녀가 헤어지는 이유는 엄청난 사건 때문이 아니라 사소한 오해가 불씨가 되는 경우가 많은 법이니 이해할 것이라 믿는다.

예시를 들어 보자. 한때는 열광적으로 사랑했던 첫사랑의 연인은 지금 당신 곁을 떠나서 아들딸 가리지 않고 둘만 낳아서 잘 살고 있다. 당신 역시 다른 상대와 결혼 후, 잘살지는 못하지만 그런 대로 깨소금을 볶아가며 행복한 나날을 보내고 있다. 세월이 흐르다 보니 첫사랑은 그저 희미한 옛사랑의 그림자일 뿐 화석처럼 간직하고 있는 아픔은 아니다.

적어도 당신이 첫사랑을 소재로 글을 쓴다면 위와 같이 그럴듯한 거짓말을 해야 할 것이다.

그런가 하면 연인과 헤어지지 않으려고 자살을 기도하기도 했다(사실은 연인의 사촌오빠가 남자 친구인 줄 알았던 오해가 발생하는 날부터 찢어지기로 마음을 굳혔지만). 연인과 헤어진 날도 아침부터 소나기가 억수같이 쏟아졌다. 당신은 비를 철철 맞으며 연인이 기다리고 있는 약속장소로 간다(사실은 커피숍에서 식은 찻잔을 사이에 두고 우리 심플하게 헤어지자고 악수를 했었지만). 헤어진 후로 둘은 이별의 아픔을 감당할 수 없어 수많은 나날을 고통과 절망 속에서 보낸다(사실은 헤어지자마자 서로 짝을 만나서 앞을 다투어 결혼을 했지만). 우연한 계기로 둘은 첫사랑의 추억이 아로새겨져 있는 바닷가에서 극적으로 만나 다시 사랑을 하게 된다(사실은 백화점에서 우연히 만나서 악수만 하고 다시 헤어졌지만).

소설은 이렇듯 당신이 직, 간접적으로 경험한 사건을 토대로 그럴듯한 거짓말을 덧붙이는 작업이다.

결론을 짓자면 당신은 유능한 소설가가 되려면 영화 스팅(The Sting)에 나오는 주인공 헨리 곤도르프처럼 영화 속의 등장인물은 물론이고 관객까지 완벽하게 속일 줄 아는 거짓말쟁이가 되어야 한다. 따라서 당신이 유능한 소설가가 되려면 독자를 완벽하게 속여 넘길 수 있는 배짱이 있어야 할 것이다.

6. 소설 쓰기 전에 워밍업하기

한 편의 소설을 쓰는 것은 한 편의 영화를 제작하는 것과 비슷하다. 영화는 적게는 수십 명, 많게는 수백 명의 스태프진과 출연진이 참여를 하여 한 편이 완성된다. 소설은 작가가 감독부터 저 밑에서 조명기구를 들고 있는 조명조감독까지 1인 다역으로 완성을 시킨다는 점에서 훨씬 우월하다.

영화는 완성이 된 시나리오대로 촬영이 진행이 된다. 소설은 스토리를 점진적으로 확대해 나가면서 완성이 된다는 점에서 또한 영화보다 우수하다고 볼 수 있다.

소설을 쓰다 갑자기 막힐 때가 있다.

예를 들어서 "그는 길게 한숨을 내쉬었다."라는 부분까지 썼다고 하자. 그 다음에 다른 액션을 취하거나 대화를 이어 가야 하는데 막막하기만 할 뿐 도무지 생각이 나지 않는다. 이럴 때를 대비해서 상황을 머릿속으로 연상해 놓고 쓰는 것이 좋다.

장편소설 같은 경우는 책상 앞에 전지 크기의 모조지를 붙여둔 후 작품의 배경을 그려 놓는 것도 좋은 방법이 될 수 있다.

영화감독은 모니터를 통해서 혹은 직접 현장을 지켜보며 지시를 한다. 모니터는 단순히 배우들의 연기만 볼 수 있는 장치가 아니다. 전체적인 구도나 나중에 영상화했을 때 나타낼 수 있는 극적 효과 등을 미리 확인할 수 있다.

소설은 일일이 장면을 그려가며 쓸 수는 없다. 내 경험으로 볼 때 책상 앞에 작품의 배경을 그려 놓으면, 언제부터인지 머릿속에 그 배경이 입력되어 있음을 느낀다.

이를테면 작품의 배경이 되는 동네의 지도를 그려 놓았다 치자.

주인공이 사는 집은 어디고, 골목은 어떻게 생겼는지, 약국이며 병원, 핸드폰 가게, 주인공이 자주 찾는 카페, 버스 정류장 등을 세밀하게 그려 놓는다. 글을 쓰면서 주인공의 이동 경로는 정확하다. 그뿐만 아니라 글에 진척이 없을 때 지도를 가만히 바라보고 있으면 다음 에피소드가 저절로 생각이 난다.

카페 혹은 대학 캠퍼스, 길, 버스 안에서 일어나는 일도 그렇다.

글을 쓰기 전에 버스 안의 풍경을 먼저 떠올린다. 그 다음에 주인공이 앉아 있는 위치, 예를 들어 출입문 앞자리, 혹은 맨 뒷자리에 앉아 있느냐에 따라서 시야가 달라진다. 맨 뒷자리는 바닥보다 삼십 센티 정도 높다. 따라서 시야 확보가 잘 된다. 저 앞에 가는 차량이 어떤 차량인지, 현재 신호등이 어떤 색인지도 잘 보인다.

출입문 앞자리도 상황은 같다. 차에서 내리는 승객의 모습을 코앞에서 관찰할 수 있거나, 등 뒤에서 인기척을 느낄 수도 있다. 물론 주인공이 어떤 생각에 집중해 있다면 코앞에서 내리는 승객들의 모습이 보이지 않을 것이다. 그러나 아무 생각 없이 앉아 있다면 여자, 노인, 학생 등의 모습이 선명하게 다가올 것이다.

바닷가에서 소설이 진행되고 있다고 가정을 해 보자.

먼저 현재 계절이 어느 계절인지부터 염두에 두어야 한다. 봄, 여름, 가을, 겨울 모두 바다의 색깔도 다르고 바닷가의 풍경도 다르다. 동해안인지 서해안인지도 따져야 한다. 해수욕장이 있는 곳인지 없는 곳인지, 관광지인지 그냥 어촌 바닷가인지도 계산해 두어야 한다.

머릿속으로 상황을 그려가는 훈련이 되면 저절로 상황이 떠오른다. 처음에는 그때그때마다 상황이 떠오르지 않을 것이다. 좀 번거롭기는 하지만 백지에 주인공이 위치해 있는 배경을 간단하게 그려 보는 것도 도움이 된다.

자, 이제 글을 써 보자.

주인공이 카페에 앉아 있을 때의 상황을 가정해 보자. 카페의 어느 자리에 앉아 있는지, 건물이 몇 층인지, 모던카페인지 평범한 카페인지에 따라서 다음 상황이 쉽게 이어진다.

주인공이 창문 옆에 앉아 있다. 건너편에는 그녀가 앉아 있는 상황이다.

그는 길게 한숨을 내쉬었다.

"왜요?"

그녀가 커피잔을 들다 말고 물었다. 혹은 창문 밖을 바라봤다. 테이블을 괜히 쓰다듬었다.

이런 식으로 쉽게 글을 이어 갈 수가 있다.

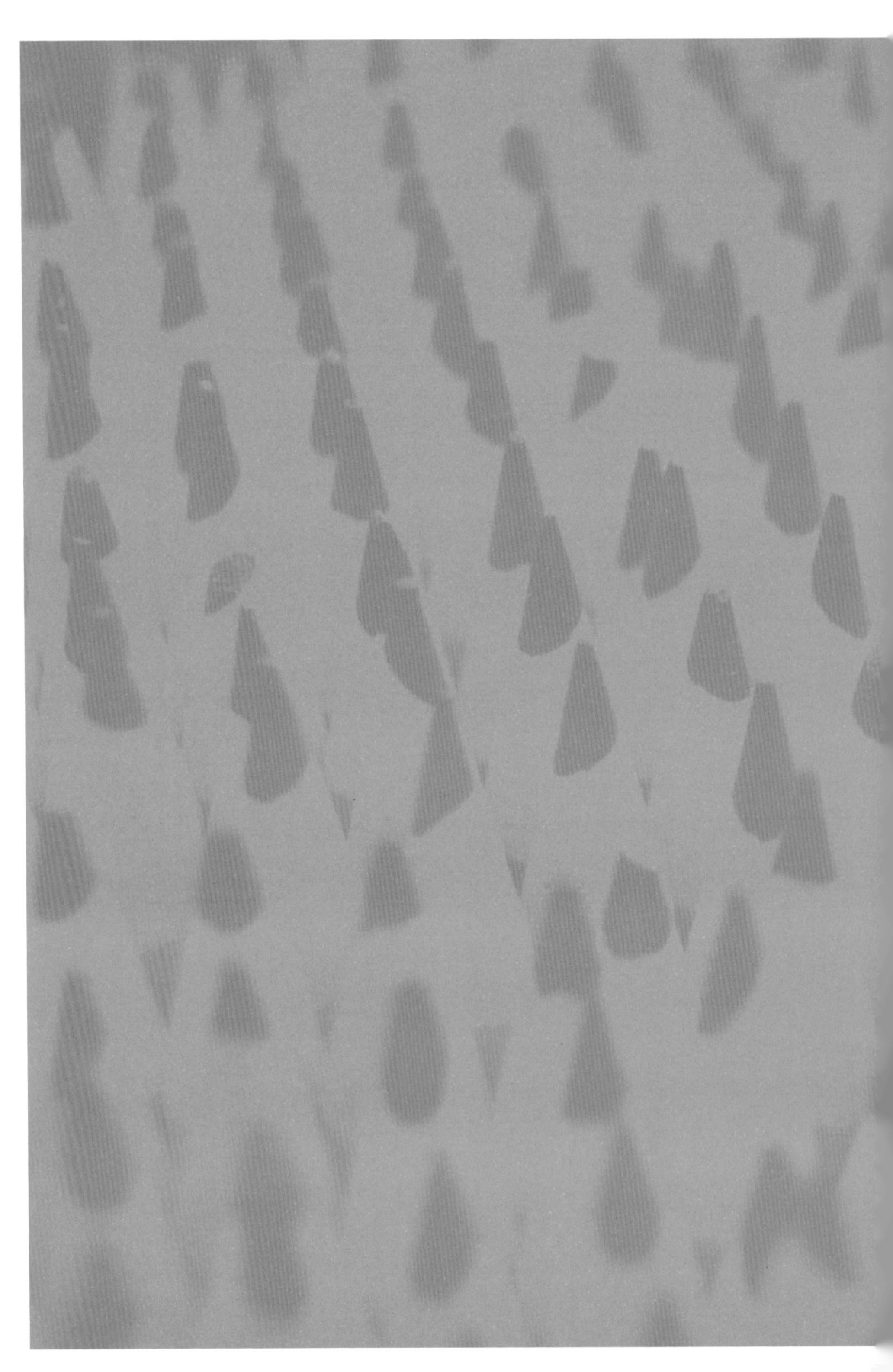

PART 2

장편소설 무작정 따라 쓰기

생각나는 대로 무조건 써라!
Dear Sir,

1단계: 소설 소재 찾기

1. 소설의 소재는 다양하다

소설을 쓰려면 쓸거리 즉 소재가 있어야 한다. 대부분의 초심자들은 소설의 소재는 특별한 것으로 골라야 한다고 믿는다. 소설의 소재로는 평범한 삶이 아닌 특별한 삶이거나, 평범한 정신이 아닌 고귀하거나 미친한 정신 같은 것, 또는 치열한 작가정신에서 비롯되는 상상력의 산물(産物)만 소설의 소재가 될 수 있다고 믿는다.

한용환은 『소설학 사전』에서 소재를 "예술 작품을 이루는 데 있어서 동원되는 모든 재료와 원료의 총칭"* 이라고 했다. 또한 "표현 대상의 소재를 보통 제재라고 하며, 표현 수단으로서의 소재를 매재라고 한다. 예컨대 레오나르도 다빈치의 〈모나리자〉 속의 모델이 된 실제의 인물, 추사 김정희의 〈세한도〉에 형상화된 초가와 소나무, 박영한의 『인간의 새벽』에서의 월남 전쟁 등은 제재이며, 언어 · 물 · 감 · 돌 · 나무 · 소리 등등은 예술을 표현하려는 수단으로서

* 한용환, 『소설학 사전』, 문예출판사, 2001.

의 소재, 즉 매제"라고 했다.

김윤식은 『문학비평용어사전』에서 예술가가 작품을 제작할 때 그 원료가 되는 일체의 자연적, 외적으로 주어지는 것. 미적 가치의 원리에 의해 통일적으로 형성된 예술작품에 대해 아직 예술적 형성을 이루지 않은 상태의 재료를 소재라고 말한다.*

소설의 소재, 즉 소설의 거리는 우리 주변에 홍수처럼 넘치고 있다. 방송과 신문의 뉴스, 갖가지 고서와 신서, 정기 간행물, 만화, 시대 변천사, 범죄와 형벌의 유형, 영화나 드라마, 지하철 안에서 우연하게 엿들은 다른 이들의 아픔 등 눈을 크게 뜨고 귀를 활짝 열기만 하면 쉽게 거리를 찾을 수가 있다.

거리가 너무 많아서 신경마비 증세까지 일으킬 정도면서, 쉽게 거리를 찾을 수 없는 이유는 무엇인가. 이유는 간단하다. 소설가가 되겠다는 원대한 꿈을 안고 있는 당신이, 비참하게도 거리를 찾지 못해 고민하고 있다는 것은 욕심이 너무나 많기 때문이다.

여기서 잠깐 노파심에 다시 한 번 언급하자면 소설이란 소설가 자신의 인생체험이나 내면세계를 언어로 표현하는 것이다. 예컨대 당신이 경험한 것이나 체험한 것 중 감동적이었던 내적 체험을 언어로 표현하려는 것이 소설 쓰기 작업이다.

필자는 처음 소설을 쓰는 당신이라면 먼저 당신의 이야기를 써 보라고 권하고 싶다.

당신의 경험이나 체험 속에 숨어 있는 수많은 소설 거리들. 예를

* 김윤식, 『문학비평용어사전』, 일지사, 1976.

들어서 첫사랑의 아픔, 친구의 배신, 평생 동안 자식 뒷바라지에 고생만 하다 이승을 떠난 부모에 대한 기억 등 직접 경험부터 친구나 은사, 아니면 당신이 사랑하는 연인으로부터 전해들은 가슴 시큰한 감동 스토리 같은 간접경험까지 모두 소재로 만들 수 있다.

당신이 다른 사람들보다 더 많은 경험을 했고, 더 많은 소재가 있다고 해서 그 많은 소재를 한꺼번에 섞어서 한 편의 소설에 모두 담을 수는 없다.

즉, 자장면도 좋아하고, 짬뽕도 좋아하지만 한꺼번에 두 가지를 다 먹을 수는 없다는 말과 같다. 물론 한꺼번에 두 가지를 모두 먹을 수는 있다. 그러나 먹고 난 후의 느낌은 어떨까? 짬뽕 맛도 모르겠고 자장면도 평소처럼 맛있게 먹었다는 여운이 남지 않을 것이다. 그렇다면 방법은 무엇인가. 자장면이든, 짬뽕이든 한 가지만 선택을 하든지, 그것도 아니면 오늘은 짬뽕을 먹고 내일은 자장면을 먹는 지혜를 가져야 할 것이다.

글쓰기에 재능이 있는 당신이 소재를 찾지 못해서 고민하고 절망하다 못해 머리카락을 쥐어뜯는 것은 너무나 많은 것을 한꺼번에 쓰겠다는 욕심 때문일 것이다. 예컨대 6·25를 소재로 한 소설을 쓰는 데 있어서 전쟁이 발발한 1950년 6월 25일부터 휴전협정이 마무리된 1953년 7월 27일까지의 6·25 전쟁사를 전부 쓸 수는 없다.

예를 들어서 윤홍길[*]의 『장마』라는 소설은 6·25 동란 중에 있

---

* 윤흥길, 『아홉 켤레의 구두로 남은 사내』, 『장마』 등의 작품을 쓴 소설가.

었던 한 집안의 일을 쓴 작품이다. 서술자는 '나'이고 주인공은 친할머니와 외할머니다. 이 두 인물은 각각 아들을 적대 관계의 전장에 보내고 있어, 이들의 대립이 시작되면서 긴장은 고조되어 가고, 이들이 화해하면서 소설이 끝난다. 역시 6·25를 소재로 한 전상국* 의 『아베의 가족』이라는 소설도 6·25전쟁의 상처를 지닌 가족들의 불행한 삶을 그린 소설이다. 이처럼 6·25 전쟁 전부를 그리지 않아도 6·25를 소재로 한 소설로 분류된다.

2. 소설의 소재 찾기

당신은 드디어 소설의 소재를 찾아냈다. 그것은 다른 작가들은 감히 상상을 할 수 없는 특별한 소재다. 그 소재로 소설을 쓰겠다며 컴퓨터 앞에 앉았다. 특별한 소재라서 술술 풀릴 것 같지만 예상외의 복병이 기다리고 있을 것이다.

소재가 소설로 더 없이 훌륭하더라도 소재에 대한 전문적인 지식이 없거나, 소재를 육화시킬 자신이 없다면 일찌감치 다른 소재를 찾는 것이 소설가로서의 장수에 도움이 된다.

소설의 소재는 무조건 내가 가장 잘 알고 있는 "소재"여야 한다. 여기서 가장 잘 알고 있다는 말은 소설의 소재에 대한 특질과 재질의 깊이를 충분히 알고 있어야 한다는 의미이다.

---

* 전상국, 『아베의 가족』, 『우상의 눈물』, 『우리들의 날개』, 『사이코 시대』 등의 작품을 쓴 소설가.

예컨대 당신이 쓰고자 하는 소설의 소재가 "도자기 굽는 여자"라면 도자기를 굽는 전 과정은 물론이고, 도자기를 굽는 데 있어서 발생하는 문제, 도자기 시장, 도자기를 굽는 장인들의 생각, 도자기의 과거와 현재, 미래까지 알고 있어야 한다.

설령 그 일을 직접 경험해 보지 않고 간접적으로 경험해 봤더라도 "도자기 굽는 여자"와 상황은 같다.

그렇다면 당신은 소재의 선택에 있어서, 당신이 가장 자신 있는 경험이나, 체험을 소설화하는 쪽에 주사위를 던져야 한다.

당신이 가장 자신 있게 쓸 수 있는 소재나 주제는 환경문제일 수도 있고, 사회문제가 될 수도 있고, 노동문제, 고부간의 갈등, 권력의 추악함, 지역적인 문제 등 다양하다.

그 소재들은 당신이 현재 경험하고 있는 것일 수도 있고. 인터넷 기사, 혹은 영화나 드라마, 텔레비전의 다큐 프로, 심지어 책에서도 찾아낼 수 있다.

당신은 당신이 직접 경험한, 혹은 당신에게 가장 절실한 주제를 선택함으로써, 다음과 같은 효과를 얻을 수 있다.

① 짧은 시간에 소설을 완성할 수 있다.
② 당신의 능력을 마음껏 발휘할 수가 있다.
③ 소설 쓰는 방법을 보다 쉽게 터득할 수가 있다.
④ 소설을 쓰는 데 자신감을 가질 수 있다.

소재의 본질을 정확히 파악하고 있다면, 소설을 쓰기 전에 저절로 기승전결이 떠오를 것이다.

결론적으로, 당신이 지금 첫 작품을 쓸 계획을 가지고 있다면 가장 자신 있는 소재를 선택하는 것이 소설가가 되는 지름길이다.

소설을 쓰고 싶은데 소재가 생각나지 않을 때는 우선 모티브(motive)를 찾아야 한다. 모티브는 인간을 비롯한 동물의 내면에서 어떤 목적을 지향하는 행위를 불러일으키고 이를 지시하는 요인이다. 모티브가 생각이 나지 않는다면 아래의 방법을 따라 순차적으로 써 보자. 그럼 꽁꽁 얼어 있던 기억 속의 소재들이 초봄에 눈이 녹듯 스르르 녹아나는 것을 느낄 수 있다.

① 평소 대화를 많이 했던 지인들의 이름을 한 명씩 적어 본다.

- 지인들에게 들었던 소재나, 지인들과의 사이에서 있었던 경험들이 떠오르게 될 것이다.

② 초등학교 · 중학교 · 고등학교 · 대학교 순으로 기억나는 일들을 적어 본다.

- 시대적 사건이나 경험했던 사건들이 떠오르게 될 것이다.

③ 방 안이나 거실, 혹은 창문 밖으로 보이는 풍경이나 사물을 하나하나 적어 본다.

- 뜻하지 않은 소재가 떠오르게 될 것이다.

④ 현재 가지고 있는 문제점이나, 희망사항, 꿈들을 한 가지씩 적어 본다.

• 사회성이 있는 소재가 떠오르게 될 것이다.

⑤ 요즈음에 일어난 주요 사건이나 관심사가 무엇인지 적어 본다.

• 시사성이 강한 소재가 떠오르게 될 것이다.

⑥ 이밖에도 영화나 인터넷, 신문, 시사 잡지 등을 통해서도 소재를 구할 수가 있다.

위 방법을 통해 느낀 점을 간단하게 한 줄 정도로 요약해 보거나, 핵심이 될 만한 단어나 이미지를 고르는 것도 모티브가 될 수 있다.

Tip

앞으로 당신과 장편소설의 완성탑까지의 여정을 함께 할 장편소설 『천득이』는 텔레비전 프로에서 모티브를 얻었다.

방송 내용을 요약하자면 어떤 전통시장에 보통 사람보다 키도 크고 덩치가 좋지만 지적장애 3급인 40대 남자가 있었다(소설 속의 천득이). 그는 시장 안의 온갖 잡다한 심부름, 예를 들어서 과일상자를 배달해 주거나, 배춧단을 식당까지 옮겨주거나, 점포 일을 잠깐 돕는 일 따위를 하는데 수고료는 딱 천 원만 받는다.

그 남자를 캐릭터로 한 소설을 써야겠다는 결정적 계기가 된 것은 비 오는 날 풍경이다.

남자는 비가 주룩주룩 내리는데도 과일상자를 배달하고 있었다. 배달을 하고 받은 돈을 주머니에 넣기 전에 주머니에서 돈을 꺼냈다.

이삼만 원 정도는 족히 되어 보이는 돈이다. 천 원짜리를 바라보는 남자의 얼굴은 무척이나 행복해 보였다.

비를 맞아서 머리카락은 머리에 찰싹 달라붙어 있었다. 옷은 물에 빠진 사람처럼 흠뻑 젖어 있어도 얼굴 표정은 더없이 행복해 보였다. 그 남자를 주인공으로 한 소설을 쓰면 재미 있겠다는 생각이 든 것은 상인의 표정 때문이다.

요즈음 아이스크림도 천 원짜리가 없다. 천 원이면 껌 한 통 값이다. 아이들에게 용돈을 줘도 적게는 이삼천 원, 아니면 만 원짜리 한 장을 내밀어야 한다. 그런데도 비를 맞으며 배달을 한 남자에게 천 원짜리 한 장을 내미는 상인의 얼굴은 고맙다는 표정이 아니다. 오히려 동정을 하는 표정에 가깝다.

어느새 텔레비전에서는 다른 프로그램을 방영하고 있었지만 내 머릿속은 장애인 남자와 상인 그리고 천 원짜리로 가득 찼다. 소설로 쓰면 괜찮은 캐릭터가 될 것이라는 생각에 노트에 메모를 했다. 그때는 대하장편소설 『금강』(전15권)을 쓰고 있는 시기여서 당장 쓸 수 있는 상황이 되지 못했다.

『금강』이 끝난 후에 소설을 쓸 요량으로 짤막한 이야기를 만들었다. 전통시장에 천득이가 나타났다. 상인들은 천득이에게 고마움을 느끼지 못한다. 천득이는 어떤 계기로 수고비를 이천 원, 만 원으로 올린다. 상인들은 이미 천득이 때문에 힘든 일을 하지 않는 데 익숙해져서 고민이 되지 않을 수 없었다, 라는 식으로 A4 분량 한 장 정도를 써 두었다.

3. 소재를 바탕으로 사건 만들기

소설의 소재를 발견했으면 소설화하는 작업을 진행하여야 한다. 소설화를 하려면 사건이 있어야 한다. 소설은 곧 사건이다. 사건이 있어야 스토리가 진행이 되고 갈등이 심화된다.

사건은 소설의 주제를 집어넣을 포장지이며 그릇이다. 소재를 어떠한 포장지로 포장을 하느냐에 따라서 소설의 주제가 살기도 하고 약해지기도 한다. 상품에 맞는 포장지를 사용해야 하는 것과 같다.

선물을 받았을 때 설렘을 안고 고급 포장지를 벗겨 보았는데 중국산 저가 시계가 나왔다면 실망을 할 것이다. 반대로 고급시계를 칠이 벗겨진 케이스에 담아 선물하면 짝퉁시계인지 의심을 하게 되는 것 역시 사람의 심리이다.

소재를 토대로 해서 사건을 만드는 데는 몇 가지 방법이 있다.

① 소재의 본질을 확인한다. 소재의 본질이 비극인가 희극인가, 아니면 서사성이 있는가 여부에 따라서 소설의 내용이 달라진다. 물론 희극적인 소재를 비극적으로 쓸 수도 있고, 비극적인 소재를 희극적으로 쓸 수도 있다. 그래도 일단 소재의 본질이 무엇인지 정확히 파악하는 것이 중요하다.

② 소재를 어떻게 포장을 할 것인지 진단해 본다. 소재와 유사한 포장지로 포장을 할 것인지, 소재와 거리가 먼 포장지로 포장을 할 것인지 결정을 한다. 예를 들어서 "조기 퇴직으로 인한 가정 붕괴"라는 소재로 소설을 쓴다고 가정을 해 보자. 이 소

재를 가정이라는 울타리 안에서 일어나는 사건으로 몰고 갈 것인지, 조기퇴직과는 거리가 먼 가족여행이나 동료들끼리 등산을 가는 사건을 통해서 가정의 붕괴를 암시할 것인지를 결정해야 한다는 것이다.

③ 어떻게 확대할 것인지 생각해 본다. 소재를 어떠한 형식으로 어떻게 풀어 나갈 것인지 정했으면, 얼마나 과대 포장을 할 것인지, 아니면 얼마나 축소할 것인지를 정해야 한다. 소재가 너무 크면 축소를 해야 할 것이고, 너무 작으면 확대를 해야 한다.

소재를 토대로 사건을 만들려면 우선 시발점(始發點)이 있어야 한다. 그 시발점은 사건의 촉매(觸媒)가 되기도 한다. 사건의 촉매를 싹틔우려면 일단 "유사성"을 찾아내야 한다. 소설은 있을 법한 거짓말이다. 1단계로 유사성을 찾아냈으면 그 유사성에서 일어날 만한 일, 있을 법한 일을 생각나는 대로 메모를 하다 보면 적당한 사건이 떠오르게 된다.

■ 소재: '갑'질하는 사회에서 벌어지는 '을'의 혁명

1단계: '갑'과 '을'의 관계가 형성될 만한 곳을 찾아본다.

- 백화점의 손님과 판매원
- 회사의 사장과 직원
- 프랜차이즈 회사 본점과 대리점
- 원청업체 대표와 하청업체 대표
- 허가권이나 감독권을 쥔 공무원과 민원인

• 의사와 환자
• 장교와 사병

자본주의 사회는 가진 자와 가지지 못한 자가 양분되는 사회이며 '갑'과 '을'의 관계가 존재할 수밖에 없는 사회이다. '갑'이 상식선을 넘어선 횡포를 부려 '을'이 정신적 또는 경제적으로 피해를 볼 때 사회적 문제가 되어 수면 위에 떠오른다. 따라서 '갑'과 '을'의 관계는 수백, 수천 가지가 넘을 것이다.

위에서 본 일곱 가지 사례로 볼 때 초심자라면 언론에서 많이 회자된 백화점, 회사, 프랜차이즈 점을 포장지로 선택할 것이다. 하지만 그 부분은 언론에 너무 많이 드러나서 이미 진부한 사건이 되어 버렸다. 문제는 단순히 진부해진 사건이 아니라, 실화보다 더 감동적으로 쓰기 어렵다는 점이다.

즉, 소재와 사건이 거리가 가까우면 식상해지기 쉽다. 그만큼 정보가 많이 노출됐기 때문에 굳이 그런 사건을 만들려면 블랙코미디 형식을 취하거나, 해학적인 형식을 취하는 등으로 식상함을 감추어야 할 것이다.

일반인들은 잘 알지 못하고 쉽게 경험해 보지 못하는 사건, 소재와 사건이 거리가 멀어 보이는 걸 선택하는 것이 좋다. 원청업체 사장, 허가권을 쥔 공무원, 의사와 환자는 이해관계 당사자들이 아니고는 정보가 차단되어서 사건을 긴장 속으로 몰고 가기 편하다.

2단계: '갑'질하는 공무원과, '을'이 될 수밖에 없는 민원인으로 사건을 만들어 보자. 갑인 공무원이 을인 민원인에게 갑질을 할 수 있는 이유, 혹은 가능하거나 있을 법한 사건들을 나열해 보자.

• 영세 건축업자에게 뒷돈을 바라며 계속 허가서류를 반려시키는 갑질
• 구립도서관 준공검사를 해 주지 않아서 부도 위기에 몰린 을
• 건축허가 서류를 내밀 때마다 떡값을 요구하는 갑질
• 휴가, 명절, 생일 때도 회식 장소로 불러내서 계산하게 만드는 갑질
• 갑질의 먹이 사슬 위에 있는 구청장
• 우연하게 갑이 돼서 단맛에 길들여져 가는 갑, 서서히 고통을 당하는 을
• 갑이 되고 싶지 않지만 상사의 압력에 갑질을 하는 공무원, 그리고 을

갑질하는 공무원과 민원인 을을 사건화하려면 사례를 얼마든지 만들 수 있다. 이 중에 "갑이 되고 싶지 않지만 상사의 압력에 갑질을 하는 공무원과 을"을 사건으로 만들어 보자.

갑이 되고 싶지 않지만 상사의 압력에 갑질을 하는 공무원과 피해를 보는 을.

머릿속으로 생각만 하는 것이 아니라 일단 써 놓고 반복해서 읽다가 보면 어떻게 사건을 만들어 가야 할지 저절로 떠오른다.

천득이 예를 들어 보기로 하자.

Tip

① 장편소설 『천득이』를 진단해 보면 아이러니라 할 수도 있고, 비극이라 할 수도 있다. 아니러니라 할 수 있는 부분은 노동의 대가에 비해 수고비는 형편없이 적은데도 상인들이 갑질을 한다는 부분이다. 비극이라 할 수 있는 점은 천득이가 돈의 가치를 너무 모르고 있다는 점이다.('천득'이라는 이름은 '천덕'이라는 이름을 충청도 사투리 발음으로 창조해 낸 이름)

② 천득이라는 캐릭터를 담을 그릇은 시장이다. 시장은 많은 사람들이 붐비는 곳이며 다양한 매매가 이루어지는 곳이다. 즉 다양한 군상이 밀집해 있는 곳이다. 따라서 다양한 인물들이 출연해야 한다고 생각했다.

③ 천득이가 하는 일은 지극히 단순하다. 단편소설로 쓰기도 벅찰 만큼 단순한 정보밖에 없다. 긴장감을 주려면 지적장애 3급인 천득이에게 변화를 줘야 한다고 생각했다.

현재 천 원씩 받는 금액이 오백 원으로 줄어들고, 급기야 백 원으로 줄어들다가 결국 무료로 일을 하도록 시킬 수도 있지만, 이 경우는 긴장미를 떨어트린다. 반면 1천 원의 수고비를 1만 원으로 올린다면 상인들은 당황할 것이고 대책을 세울 것이다. 사건도 긴장감을 가질 것이라고 판단했다.

④ 장편소설은 다양한 삽화(에피소드)가 있어야 한다. 천득이를 중심으로 한 상인들 중에는 착한 상인이 있는가 하면 악한 상인도 있어야 하고, 그 중간을 유지하는 인물도 등장해야 한다.

⑤ 천득이는 정신지체가 있는 장애인이다. 따라서 누군가 천득이를 뒤에서 조종하거나 이끌어주는 역할을 해야 한다. 처음에는 천득어미에게 그 역할을 맡겼으나, 너무 평이해서 천득이보다 열 살 이상 연상인 40대 중반의 무당을 창조해 냈다.

소재를 토대로 사건을 구상하려면 많은 고민이 필요하다. 사건을 구상하는 데 있어서 팔짱을 끼고 고민만 하고 있으면 진행이 되지 않는다. 아이디어가 떠오르는 대로 뭐든지 창작노트에 써야 한다.

백 번 말해도 부족하지 않지만 소설은 일단 써야 소설이다. 단편이든 중편이든 장편이든 장르에 맞는 분량을 써 놔야 소설이다. 머릿속으로 백날 생각해 봐야 소설이 아니다. 일단 소재가 결정이 됐으면 메모를 하면서 사건을 만들어 가야 한다.

2단계: 줄거리 만들기

1. 생각나는 대로 무조건 써라(원고 분량 A4 1장)

일반적인 소설 작법에서 작법 순서는 주제→구성→인물→사건→배경→문체 등의 순서로 이어진다. 본 작법은 기존 작법의 형태를 따르지 않는다. 아무리 좋은 작법을 알고 있어도 소설을 완성하지 못하면 주제도 없고, 구성도 없고, 인물이며 사건도 존재할 수 없다.

다시 한 번 강조하는데 죽이 되든 밥이 되든 일단 원하는 분량을 써 놓아야, 주제도 있고 구성도 있고 인물도 있을 수 있다. 아무리 이론에 해박하고 박사학위를 땄을지언정 완성하지 못하면 소설이 아니다.

당신은 앞 단계에서 어떠한 소재를 어떠한 형식으로 어떻게 거짓말을 할 것인지까지 진행했다. 소설을 쓰기 전에는 줄거리가 필요하다. 영화로 치자면 시놉시스를 만들어 놓으면 훨씬 탄탄한 구조로 빠르게 완성을 할 수 있다.

줄거리를 만드는 데 있어서 처음 시작부터 결말 부분까지 소설적인 사건을 만들기는 쉽지 않다. 그냥 마음 편하게 한 편의 이야기, 즉 스토리를 만들어 보겠다는 생각으로 부담 없이 진행해야 한다.

일반적인 소설 작법에서 줄거리를 만들려면 시점, 배경, 인물 등을 염두에 두고 줄거리를 만들기 시작한다.

당신이 초심자라면 시점, 배경, 인물 따위를 철저히 무시해 버리고 그냥 편하게 줄거리를 만들어 보길 권한다.

예컨대, 당신이 쓰고자 하는 소재를 바탕으로 해서 짤막한 이야기를 만들면 된다. 등장인물의 인격이나 환경 같은 것도 필요 없다. 그냥 편의적으로 홍길동이나 홍길순이라고 정하면 된다.

앞의 '갑이 되고 싶지 않지만 상사의 압력에 갑질을 하는 공무원과 피해를 보는 을'을 사건의 핵심으로 줄거리를 만들 생각이라면 최소한의 조건만 갖추면 된다.

최소한의 조건은 공무원들의 직급체계, 구청의 사무실 구조, 이를테면 국장실이 따로 있는가 직원들하고 같이 있는가? 구청 근처에 있는 거리 풍경(구청 근처에서 가장 먼저 눈에 띄는 것이 인쇄소, 복사 전문점 따위일 것이다. 뒷골목에는 음식점들이 산재해 있기 마련이다)과 사건의 쟁점이 되는 건축 허가 시에 필요한 서류 등일 것이다.

최소한의 자료 준비가 되었으면 연상법을 활용해서 갑과 을 사이에 일어날 법한 일들을 나열해 본다.

- 정년퇴직을 앞둔 국장은 마음이 급하다. 매일 담당 과장을 불러서 떡값을 챙기라고 닦달한다.

- 국장 승진을 눈앞에 두고 있는 과장은 어떻게든 국장의 비위를 맞추려고 노력한다.
- 새한건설이란 영세 건설회사를 경영하는 을은 정직한 사업가이다.
- 을은 대지를 중도금만 주고 분양 받아 땅 주인에게 잔금을 주기로 한 상황이다.
- 을이 허가서류를 제출한다. 담당 직원은 일주일 안에 허가가 날 것이라고 말해준다.
- 담당 과장은 서류를 꼼꼼히 살펴서 약점을 찾아내 반려시킨다. 반려 이유는 대충 넘어갈수도 있는 문제다
- 땅주인은 빨리 시공을 하지 않으면 계약을 무효화시키겠다고 통보를 한다.
- 과장은 양심의 가책을 느끼면서도 또 반려한다.
- 새한건설 대표는 계속되는 반려에 고민을 하며 친구와 술을 마신다. 친구가 떡값을 줘야 허가가 떨어질 것이라는 정보를 준다.
- 새한건설 대표는 직원들 회식비 정도로 백만원권 수표를 준비해서 과장을 만난다.
- 과장은 공사비의 오 퍼센트를 요구한다.
- 새한건설 대표는 고민한다.
- 국장은 최소한 십 퍼센트를 받아야 한다고 과장에게 말한다.

처음부터 전은 이렇고 후는 이렇고 라는 식으로 줄거리를 쓰기는 어렵다. 우선 A4 기준(글자 크기 10 포인트, 줄 간격 160) 반 장을 목표로 써 보자. 소설을 쓴다는 생각보다는 짧은 이야기를 쓴다는 생각으로 쓰는 것이 쉽게 써진다.

사건의 촉매가 될 만한 일들을 생각나는 대로 나열하다 보면, 어느 순간 낚시에 걸리는 듯한 사건이 있을 것이다. 그것을 바탕으로 A4 기준 반 장을 쓰기는 쉽다. 그것을 다시 한 장 분량으로 늘리기도 쉽다.

장편소설 『천득이』의 예를 들어보자.

장편소설 『천득이』의 배경은 전통시장이다. 평소 전통시장을 자주 이용하는 편이라 눈을 감으면 풍경이 선하다. 하지만 리얼리즘을 살리기 위하여 가까운 곳에 있는 전통시장을 일부러 방문했다.

평소에는 예사롭게 봤던 방앗간이라든지, 통닭집, 구제옷가게, 쌀집 등이 새롭게 보였다.

가게 주인도 유심히 살펴보니 업종과의 유사성을 발견할 수 있었다.

이를테면 쌀을 파는 상인들은 나이가 들어도 거의 건강하다. 통닭집 주인은 살이 쪘고, 옷가게 주인은 나이가 들어도 젊은 패션을 유지하는 등 나름대로 직업에 따른 캐릭터 유사성이 많다는 점을 알게 됐다.

가게의 위치도 자세히 살폈다. 기름으로 닭을 튀겨내는 통닭집과 옷가게는 붙어 있지 않다. 쌀가게는 임대료가 비싼 시장 안쪽보다

바깥쪽에 있고, 시장 입구와 반대편 출구 쪽에는 빵이며, 핫도그, 튀김 등을 파는 가게들이 이어져 있다. 시장에 반찬거리를 사러 와서 간식을 먹는 사람들을 끌기 위한 장소 선택이라는 생각이 들었다.

당신도 쓰고자 하는 소설의 배경이 될 곳을 방문하여 간단하게 스케치를 하거나 사진을 찍어 두면 많은 도움이 된다. 당신이 만약 회사원을 주인공으로 한 소설을 쓰려 하거나, 이혼녀 혹은 경찰을 주인공으로 한 소설을 쓰려 할 때도 이처럼 배경 조사가 이루어져야 한다. 분량은 마음 편하고 부담감 없이 A4 용지 1매 정도만 써도 충분하다.

Tip

- 천득이는 천 원만 주면 뭐든 해 준다.
- 천득이는 홀어머니와 같이 산다.
- 천득이가 사는 곳은 낡은 이층집 단칸방이다. 다른 방에는 40대의 무당이 살고 있다.
- 상인들은 언젠가부터 천득이한테 고마움을 느끼지 않고 불쌍히 여긴다고 생각한다.
- 시장 여자들은 천득이를 묘한 성적 장난감으로 여긴다.
- 무당은 자주 놀러 와서 천득이와 같이 술을 마시기도 한다.
- 남자들은 화가 날 때 천득이에게 화풀이를 한다.
- 천득어미는 무당에게 천득이를 장가 보내려고 고민한다.

- 천득이를 전용으로 부려 먹고 싶어 하는 과일가게 주인은 매일 술을 준다.
- 무당은 천득이가 남자 구실을 못한다고 비웃는다.
- 과일가게 주인이 천득이를 다방 여자에게 붙여 준다. 다방 여자는 천득의 거대한 남성에 기절한다.
- 다방 여자가 산부인과에 입원한 걸 시장 여자 중 한 명이 목격을 하고, 그날 저녁 천득이에 대한 소문이 시장에 퍼진다.
- 시장 남자들은 대책을 세우지만 명분이 없다. 각자 알아서 아내를 교육시키는 수밖에 없다.
- 어느 비 오는 날 옷을 갈아입으러 온 천득과 단둘이 있게 된 무당은 천득과 교합을 한다.
- 무당은 수고비를 이천 원으로 인상하라고 시킨다.
- 시장 사람들은 수고비를 백 퍼센트 인상한 천득이를 질타하지만 결국 이천 원도 싸다는 걸 알게 된다.
- 무당과 천득이 교합하는 사실을 알게 된 천득어미는 둘을 결혼시킨다.
- 시장에서 가장 뚱뚱한 여자(남편은 밖으로 나도는 중)가 천득이를 시험해 보다 사흘 동안 장사를 못한다.
- 무당은 수고비를 만 원으로 올리라고 한다.
- 어느 상인은 천득이에게 반나절 동안 일을 시키고 만 원을 준다.
- 상인회의 벌금 룰은 깨지고 천득의 수고비는 만 원으로 인상된다.
- 소나기가 억수같이 쏟아지는 날 슈퍼 주인은 천득이에게 막힌 하수구 뚫는 일을 시킨다.

• 비 맞은 천득이를 본 슈퍼 아내는 그를 방으로 끌어 들이고 비명을 지른다.
• 방에서 나오는 천득이를 보고 깜짝 놀란 슈퍼 주인이 방으로 뛰어 들어간다.

2. 줄거리 만들기

위 항목은 방송을 통해 알게 된 정보에 나름대로의 상상력을 붙여서 메모 형식으로 써 본 것이다. 이것을 토대로 소설 한 편의 씨앗이 될 줄거리를 생각나는 대로 써 보았다.

Tip

천득이는 덩치가 엄청 커서 힘도 세다. 천 원만 주면 뭐든 해 준다. 천득이는 전통시장 구석에 있는 낡은 건물에서 홀어머니와 살고 있다. 옛날에는 병원이었던 이층집 입원실을 임차해서 사는데, 다른 방에는 40대의 무당이 살고 있다.

상인들은 언제부터 천득이한테 고마움을 느끼지 않고, 오히려 장애인을 동정한다고 생각한다. 시장 여자들은 천득이를 묘한 성적 장난감으로 여기며 심심하면 엉덩이를 툭툭 치기도 하고 가슴을 쓰다듬기도 한다. 물론 남편이 모르는 틈을 이용해서.

같은 층에 사는 무당은 가끔 천득어미에게 놀러간다. 저녁에 같이 술을 마시기도 한다.

천득이가 바보라는 것을 안 상인들 중 몇몇은 화가 날 때 천득이에게 폭력을 휘두른다. 천득이는 덩치가 커서 맞아도 실실 웃기만 한다. 화가 난 상인들은 더 심하게 때려도 천득이는 웃기만 한다.

어느 날 천득어미는 무당과 술을 마시다 천득이 장가만 보내면 소원이 없다고 하소연을 한다. 무당은 천득이가 덩치만 큰 아이라서 남자 구실을 못한다고 한다. 화가 난 천득이 어미는 무당에게 천득이 고추를 만져보라고 한다.

무당은 취중에 천득이 고샅을 더듬어 본다. 엄청난 크기의 남성에 깜짝 놀라며 언젠가 반드시 결혼할 것이라고 점지를 해 준다.

남자들은 여전히 화가 날 때 천득이에게 폭력을 휘두르고, 삶에 지치고 매일 똑같은 생활에 염증을 느끼고 있던 아낙들은 천득이의 몸을 슬슬 문지르는 것으로 아쉬움을 털어 버리는 삶이 이어진다.

과일가게 주인은 천득이를 다른 곳에 못 가게 만들 목적으로 매일 술을 준다.

과일가게 주인이 천득이를 다방 여자에게 붙여 준다. 다방 여자는 천득의 거대한 남성에 기절하고, 다방 여자가 산부인과에 입원한 걸 시장 여자 중 한 명이 목격한 후, 그날 저녁 천득이에 대한 소문이 시장에 퍼진다.

시장 남자들은 대책을 세우지만 명분이 없다. 각자 알아서 아내를 교육시키는 수밖에.

어느 비 오는 날 옷을 갈아입으러 온 천득과 단둘이 있게 된 무당은 천득과 교합을 한다. 그날부터 매일 아침 천득은 무당에게 들러서 교합을 한다. 천득에게 정이 든 무당은 수고비를 이천 원으로 인상하라고 시킨다.

시장 사람들은 수고비를 백 퍼센트 인상한 천득이를 질타하지만 결국 이천 원도 싸다는 걸 알게 된다.

무당과 천득이 교합하는 사실을 알게 된 천득어미는 둘을 결혼시킨다. 시장에서 가장 뚱뚱한 여자(남편은 밖으로 나도는 중)가 천득이를 시험해 보다 사흘 동안 장사를 못한다.

무당은 수고비를 만 원으로 올리라고 한다. 어느 상인은 천득이에게 반나절 동안 일을 시키고 만 원을 준다. 상인회의 벌금 룰은 깨지고 천득의 수고비는 만 원으로 인상된다.

소나기가 억수같이 쏟아지는 날 슈퍼 주인은 천득이에게 막힌 하수구 뚫는 일을 시킨다. 비 맞은 천득이를 본 슈퍼 아내는 그를 방으로 끌어 들이고 비명을 지른다. 방에서 나오는 천득이를 보고 깜짝 놀란 슈퍼 주인이 방으로 뛰어 들어간다.

위 내용은 소설의 줄거리라고 보기에는 형편없이 초라하다. 말 그대로 한 편의 이야기를 만드는 초안(草案)에 불과하다. 문맥도 맞지 않고 주인공에 대한 캐릭터도 불투명하다. 시장 배경도 나오지 않고, 등장인물들의 이름도 나오지 않는다. 모르는 사람이 읽으면 과연 이것이 어떻게 소설의 줄거리가 될지 궁금해할 지경일 것이다.

아무리 유명한 작가라도 아마추어 시절이 있고, 습작하던 시절이 있었을 것이다. 그들도 처음에는 당신처럼 분량을 늘리기에 급급했을 것이다. 다른 점이 있다면 그들은 전통적인 소설 작법에 의해 줄거리를 만들었을 것이고, 당신은 전통 작법을 깡그리 무시해 버리고 새로운 방법을 시도하고 있다는 점이다.

여기서 잠깐!

소설을 처음 쓰면서 갖게 되는 의문점 중의 하나는 처음에 쓴 줄거리대로 작품이 완결되느냐일 것이다. 대답을 하자면 반드시 그렇지는 않다. 처음에는 서울에서 출발을 하여 부산에 도착하는 줄거리를 완성했다 치자.

대전쯤 도착했을 때는 부산이 아니라 목포로 향하는 것이 더 좋을 수도 있다는 생각을 하게 된다. 목포는 처음에 소설을 구상할 때 전혀 생각지도 않은 도착점이다. 소설을 써 가는 과정에서 자연스럽게 떠오른 지명일 뿐이다.

이때 처음 목적대로 반드시 부산으로 갈 필요는 없다. 대전에서 기차를 바꿔 타고 목포로 향해도 괜찮다. 많은 작가들도 이 같은 경험을 했다고 한다. 중요한 점은 목포로 가든 부산으로 가든 포기하지 않고 끝까지 쓰겠다는 신념이다.

예시의 『천득이』도 그렇다. 메모 형식으로 쓴 내용으로 줄거리를 만드는 과정에서 다르게 변형될 수도 있다. 천득이라는 중심인물이 사라지지 않는 이상 얼마든지 변형을 하고 창조를 해도 된다.

줄거리를 만드는 데 있어서 한 편의 짧은 이야기 형식을 고집하지 않아도 된다. 오히려 『천득이』처럼 스케치를 하듯 생각나는 대로 메모 형식의 줄거리를 만드는 것이 나중에 편하다.

다시 한 번 언급하지만 줄거리를 만드는 데 있어서 주제, 시점, 형식, 배경, 묘사 따위는 철저하게 무시하라.

당신이 친한 친구, 혹은 가족에게 어떤 이야기를 해 주는 것처럼 편하게 쓰면 된다. 예를 들어서 "방송에서 봤는데 중국에서는 청년들이 지하철 안에 밥상을 차려 놓고 밥을 먹더라구. 사람들이 밥상 근처는 못 가고 멀찌감치 떨어져서 코를 쥐고 있더만. 그뿐인 줄 알어? 손잡이에 빨래까지 널어 놨어. 중국은 정말로 이해할 수 없는 나라야. 하긴 인구가 12억이나 되니까 별별 사람이 다 있겠지." 라는 식으로 써도 된다는 것이다.

3. 기승전결로 확대하기(원고 분량 A4 4장)

요즘 소설에서는 기승전결을 무시하는 경우도 많다. 처음 소설을 쓴다면 원칙에 입각해서 쓰는 것이 좋다. 좀 더 자유자재로 글을 쓸 수 있을 때가 되면 그때쯤에는 기승전결을 무시한 작품을 써도 늦진 않다.

소설은 갈등이 있어야 한다. 소설을 쓸 때 갈등구조를 만들려면 '갈등의 어원'을 염두에 두고 있으면 쉽게 쓸 수 있다.

갈등(葛藤)이란 말은 칡과 등나무가 나무를 감아 오르는 방향이 서로 다르다는 뜻에서 유래했다. 칡넝쿨은 왼쪽 방향으로 감아 올라가고, 등나무는 반대 방향이다. 칡넝쿨과 등나무 넝쿨이 같은 나무에서 감아 올라가면 자연히 얽히고 만다.

갈등구조는 발달→전개→절정→결말로 이루어진다. 소설의 갈등구조는 일반적인 형식일 뿐이다. 이른바 한시(漢詩)처럼 반드시 지켜야 할 규칙이 존재하지는 않는다. 요즘에는 갈등구조를 파괴하는 소설도 많이 등장하고 있는 편이다.

소설의 갈등구조도 파괴되고 있는 현실에 비추어 기승전결을 운운한다는 것은 아이러니일 수도 있다. 그런데도 기승전결을 고집하는 이유는 줄거리에서 기승전결 구조를 만들어 놓으면 전체적으로 구조가 탄탄해지는 것은 물론이고 훨씬 빠르게 쓸 수가 있기 때문이다.

기승전결을 쉽게 이해하려면 사건이 시작되는 부분(기), 사건의 갈등이 조장되는 부분(승), 갈등이 꼬이기 시작하는 부분(전), 갈등이 마무리를 짓는 부분(결)로 이해를 하면 된다.

▶ 기(起)에서는 소설의 배경이 드러난다.

• 그와 그녀는 서로 사랑하고 결혼을 약속한 사이이다.

▶ 승(承)은 갈등의 조짐을 만들어 내는 부분이다.

• 그녀가 다니는 직장에 총각 상사가 등장한다.

▶ 전(轉)은 갈등이 꼬이기 시작한다.

• 총각 상사가 그녀에게 관심을 보인다. 그녀도 싫지만은 않다. 그도 그녀가 총각 상사를 좋아한다는 사실을 알고 결혼을 재촉한다.

▶ 결(結)은 갈등이 해결되거나, 최고조로 향하여 붕괴된다.

• 그녀가 총각 상사를 선택한다. 또는 그녀가 그와 결혼을 한다.

기승전결의 또 다른 장점은 소설에서 읽는 재미를 더해준다는 점이다. 독자들은 알지 못하는 사이에 갈등의 극에 점점 다가가게 될수록 끝까지 읽고 싶은 욕구가 증폭된다.

▶ 기

천득이는 덩치가 엄청 커서 힘도 세다. 천 원만 주면 뭐든 해 준다. 천득이는 전통시장 구석에 있는 낡은 건물에서 홀어머니와 살고 있다. 옛날에는 병원이었던 이층집 입원실을 임차해서 사는데, 다른 방에는 40대의 무당이 살고 있다.

상인들은 언제부턴가 천득이한테 고마움을 느끼지 않고, 오히려 장애인을 동정한다고 생각한다. 시장 여자들은 천득이를 묘한 성적 장난감으로 여기며 심심하면 엉덩이를 툭툭 치기도 하고 가슴을 쓰다듬기도 한다. 물론 남편이 모르는 틈을 이용해서.

같은 층에 사는 무당은 가끔 천득어미에게 놀러간다. 저녁에 같이 술을 마시기도 한다.

▶ 승

천득이가 바보라는 것을 안 상인들 중 몇몇은 화가 날 때 천득이에게 폭력을 휘두른다. 천득이는 덩치가 커서 맞아도 실실 웃기만 한다. 화가 난 상인들은 더 심하게 때려도 천득이는 웃기만 한다.

어느 날 천득어미는 무당과 술을 마시다 천득이 장가만 보내면 소원이 없다고 하소연을 한다. 무당은 천득이가 덩치만 큰 아이라서 남자 구실을 못한다고 한다. 화가 난 천득이 어미는 무당에게 천득이 고추를 만져보라고 한다.

무당은 취중에 천득이 고샅을 더듬어 본다. 엄청난 크기의 남성에 깜짝 놀라며 언젠가 반드시 결혼할 것이라고 점지를 해 준다.

남자들은 여전히 화가 날 때 천득이에게 폭력을 휘두르고, 삶에 지치고 매일 똑같은 생활에 염증을 느끼고 있던 아낙들은 천득이의 몸을 슬슬 문지르는 것으로 아쉬움을 털어 버리는 삶이 이어진다.

▶ 전

과일가게 주인은 천득이를 다른 곳에 못 가게 만들 목적으로 매일 술을 준다.

과일가게 주인이 천득이를 다방 여자에게 붙여 준다. 다방 여자는 천득의 거대한 남성에 기절하고, 다방 여자가 산부인과에 입원한 걸 시장 여자 중 한 명이 목격한 후, 그날 저녁 천득이에 대한 소문이 시장에 퍼진다.

시장 남자들은 대책을 세우지만 명분이 없다. 각자 알아서 아내를 교육시키는 수밖에.

어느 비 오는 날 옷을 갈아입으러 온 천득과 단둘이 있게 된 무당은 천득과 교합을 한다. 그날부터 매일 아침 천득은 무당에게 들러서 교합을 한다. 천득에게 정이 든 무당은 수고비를 이천 원으로 인상하라고 시킨다.

시장 사람들은 수고비를 백 퍼센트 인상한 천득이를 질타하지만 결국 이천 원도 싸다는 걸 알게 된다.

무당과 천득이 교합하는 사실을 알게 된 천득어미는 둘을 결혼시킨다. 시장에서 가장 뚱뚱한 여자(남편은 밖으로 나도는 중)가 천득이를 시험해 보다 사흘 동안 장사를 못한다.

▶ 결

무당은 수고비를 만 원으로 올리라고 한다. 어느 상인은 천득이에게 반나절 동안 일을 시키고 만 원을 준다. 상인회의 벌금 룰은 깨지고 천득의 수고비는 만 원으로 인상된다.

소나기가 억수같이 쏟아지는 날 슈퍼 주인은 천득이에게 막힌 하수구 뚫는 일을 시킨다. 비 맞은 천득이를 본 슈퍼 아내는 그를 방으로 끌어 들이고 비명을 지른다. 방에서 나오는 천득이를 보고 깜짝 놀란 슈퍼 주인이 방으로 뛰어 들어간다.

4. 스토리 만들기(원고 분량 A4 4장)

줄거리를 기승전결의 각 부분을 토대로 해서 A4 기준 한 장으로 늘려 보자. 반드시 한 장으로 늘려야 된다는 원칙은 없다. 글을 쓰다 보면 다섯 장도 될 수 있다. 상대적으로 현재의 분량에서 몇 줄 정도밖에 늘리지 못할 경우도 있다.

분량을 늘릴수록 좋은 점은 당신이 원하는 2백 자 원고지 기준 1천 매에 가까워진다는 것이다. 설령 늘리지 못하더라도 억지로 늘리려 하지 말자. 아직 갈 길은 멀다. 여유를 갖고 쓰다 보면 나중에 생각이 나기 마련이다. 그리고 초반부터 힘을 쓰면 나중에 지친다.

이제 시작 단계라는 점을 염두에 두고 느긋하게 분량을 한 장으로 늘려 보자.

▶ 기

① 천득이는 덩치가 엄청 커서 힘도 세다. 천 원만 주면 뭐든 해 준다. 천득이는 전통시장 구석에 있는 낡은 건물에서 홀어미니와 살고 있다.

② 옛날에는 병원이었던 이층집 입원실을 임차해서 사는데, 다른 방에는 40대의 무당이 살고 있다.

③ 상인들은 언젠가부터 천득이한테 고마움을 느끼지 않고, 오히려 장애인을 동정한다고 생각한다.

④ 시장 여자들은 천득이를 묘한 성적 장난감으로 여기며 심심하면 엉덩이를 툭툭 치기도 하고 가슴을 쓰다듬기도 한다. 물론 남편이 모르는 틈을 이용해서.

⑤ 같은 층에 사는 무당은 가끔 천득어미에게 놀러 간다. 저녁에 같이 술을 마시기도 한다.

위의 '기' 부분에는 다섯 개의 이야기가 들어 있다. 다섯개의 작은 사건들이 뭉쳐서 '기' 부분을 형성하고 있다. 각각 한 개의 사건은 한 개의 에피소드의 촉매이며 축약해 놓은 것으로 볼 수 있다.

한글2014 기준 A4 한 페이지는 41줄로 이루어진다. 각 1개의 에피소드를 8줄로 확대를 한다면 '기' 부분을 한 장으로 늘릴 수 있다는 말이 된다. 기, 승, 전, 결을 합하면 4장이 된다.

무조건 원고 분량만 늘리자는 말이 아니라 좀 더 빠르고 쉽게 소설을 쓰기 위한 방법이다. 아무리 처음 소설을 쓰는 초심자라 해도 ① 천득이는 덩치가 엄청 커서 힘도 세다. 천 원만 주면 뭐든 해 준다. 천득이는 전통시장 구석에 있는 낡은 건물에서 홀어머니와 살고 있다. 이 부분을 8줄로 늘리기는 거의 식은 죽 먹기나 다름없다. 조금만 상상력을 동원한다면 1장까지도 충분히 쓸 수 있다.

천득이는 덩치가 엄청 커서 힘도 세다는 말은 피상적이다. 소설은 구체적이어야 한다. 덩치가 씨름선수처럼 큰지, 구척장신인지, 요즘 한참 뜨고 있는 모 격투기선수처럼 생겼는지 제시를 해 주는 데만 해도 여덟 줄은 넘게 써야 할 것이다.

'기' 부분을 1장으로 늘리겠다며 억지로 구체적으로 서술하지 않아도 된다. 스케치를 하듯 대충 메모를 해 놔도 괜찮다. 만약 1장으로 늘리지 못한다면 쓸 수 있는 한계까지만 써 놔도 된다.

5개의 에피소드 중에 쓸 수 있는 부분만 써 놓으면 나중에 또 생각나기 마련이다.

본격적으로 쓰기에 앞서서 주인공이 현재 존재하고 있는 공간을 먼저 생각해야 한다. 지금까지는 단순히 줄거리만 전개해 가는 과정이어서 주인공의 시간과 공간을 염두에 두지 않았다.

천득이가 있는 곳은 전통시장이다. 전통시장의 이름이 뭔지, 어느 곳에 위치하고 있는지는 나중에 추가하기로 하자. 단순히 천득이가 전통시장에 나타났다고 하면 된다.

• 전통시장에 천득이가 나타났다. 구척장신인 천득이는 고릴라처럼 덩치가 커서 금방 시장 상인들의 눈길을 사로잡았다.

고릴라처럼 구부정한 허리에 들창코, 축 늘어진 눈꼬리의 천득은 선해 보이기는 하지만 어딘지 모르게 좀 모자란 사람처럼 보였다. 그의 뒤에는 키가 150센티도 안 되어 보이는 꼬부랑 노파가 동행하고 있었다.

상인들은 천득이와 노파의 관계가 궁금했다. 하지만 천득의 엄청난 덩치에 감히 물어 볼 엄두를 내지 못했다. 그들을 따라다니면 그 둘의 관계가 어떤 사이인지 알게 될 것이라는 생각에 뒤를 쫓기 시작했다.

㉠ 구척장신의 이름이 천득이고, 그들이 이 시장의 구석에 있는 낡은 병원 건물에 산다는 것을 알게 된 것은……(더 이상 생각이 나지 않는다. 이럴 때는 여기서 중단을 하고 ㉡으로 넘어가자.)

㉡ 상인들은 천득이 모자가 병원 건물에 산다는 사실을 알고부터 갑자기 만만해지기 시작했다. 전통시장이 번성할 때는 돈을 가마니로 끌어 모을 만큼 돈을 벌었다는 병원장은 지금 큰길가에 이층짜리 큰 건물을 지어 이사를 했다. 입원실로 사용하고 있던 방은 세를 줬는데 무당 한 명이 그곳에 살고 있었다.

위의 예시 두 줄을 좀 더 구체적으로 써서 여섯 줄로 늘린 결과다. 이 부분은 단순한 줄거리일 뿐이다. 여기에 대화나 묘사까지 포함된다면 A4 용지로 서너 장은 우습게 확장 가능한 부분이다.

㉠은 당신도 가끔, 아니 자주 느낄 부분이다. 어떠한 글을 쓰다가 갑자기 막혀 버렸을 때다. 갑자기 막혀 버리는 경우는 무언가 좋은 표현이 머릿속에 있을 때이므로 줄줄 쓰다가 어느 순간 막혔을 때는 ㉠처럼 놔두자. 일단 공란으로 비워두고 ㉡부터 이어 쓰면 된다. 신기한 것은 ㉡부터 쓰기 시작하면 ㉠에 써야 할 말들이 생각이 난다는 점이다.

앞으로 언급을 하겠지만 꼭지를 완성해 나갈 때도 같은 방법을 사용하면 된다. 1번 꼭지를 쓰다가 막히면 그냥 두고, 2번 꼭지를 써나가면 된다. 그러다 보면 1번 꼭지를 이어 갈 스토리가 떠오른다.

여기서 잠깐!

다시 한 번 언급하겠지만 당신의 첫 작품을 머릿속에서 쓰고 있다는 생각을 지워 버려야 한다. 당신이 쓰고자 하는 글의 내용은 이미 당신 머릿속에 잠재되어 있다. 아무런 여과장치도 마련하지 말고, 머릿속에 들어 있는 내용을 그대로 활자화하여야 한다.

처음부터 주인공 이름을 정하는 데 며칠이 걸리고, 등장인물의 성격을 창조하는 데 며칠이 걸리면서, 멋지게 시작을 해야 좋은 소설이 나온다는 계획만 갖고 있지 말고 당장 실천해야 한다. 오늘은 시간이 많이 지났으니까 내일부터 쓰겠다, 이번 주에는 바쁘니까 다음 주 월요일부터 쓰겠다, 라고 생각하면 다음 주 월요일에도 피할 수 없는 일이 생긴다. 결국 멋진 계획은 용두사미(龍頭蛇尾)가 되기 쉽다.

선뜻 시작을 할 수 없는 가장 큰 이유 중의 하나가 멋진 서두다. 머릿속에 있는 서두 부분은 선명하게 형상화되어 있지 않다. 그것을 끄집어내야 하는데 좀처럼 써지지 않는다. 하지만 그것은 당신이 창조해 낸 서두가 아니니다. 심리적으로 볼 때 유명 작가의 시작 부분일 가능성이 높다. 그러니 선뜻 써지지 않을 수밖에 없다.

처음에는 그냥 생각나는 대로 쓰면 된다. 등장인물의 캐릭터도 생각나는 대로 만들고, 등장인물의 이름도 당신의 친구나 가족의 이름을 쓰는 등 어느 것에도 신중을 기하지 않아도 된다. 나중에 고칠 생각으로 아무개니 거시기니 하는 식으로 쓰면 된다.

맞춤법도 신경 쓰지 말고, 시점을 일인칭으로 할 것인가? 삼인칭으로 할 것인가? 하는 것도 염두에 두지 마라. 일단 글을 완성해 놓은 다음에 소설의 옷을 입히는 것은 쉽다.

처음부터 완벽하게 쓰려다 보면 자기모순에 빠져서 탈출하기가 쉽지 않다. 소설쓰기를 중간에서 포기하는 사람들 대부분 시작 부분의 함정에 빠져서 포기를 하거나, 중간쯤 쓰다 더 좋은 소재와 더 좋은 이야깃거리가 생각이 나서 다시 시작하기를 반복하다 나중에는 질려서 포기하는 경우가 많다.

3단계: 꼭지 만들기

소설의 분량에 따른 구분에 있어서 단편은 200자 원고지 기준으로 70~120매다. 중편은 350~600매이며, 장편은 700~1천 매이다. 요즘 원고지로 소설을 쓰는 경우는 거의 없지만 그런데도 출판사 측에서는 200자 원고지로 환산한 원고량을 요구한다.

출판사만 그런 것이 아니다. 각종 문학상 응모는 물론이고, 원고청탁서에도 분량을 200자 원고지에 기준을 둔 매수를 요구한다.

한글 프로그램으로 글을 쓸 때 글자 크기 10포인트, 줄 간격 160으로 A4 용지 한 장을 쓰면 200자 원고지로 통상 8~8.5매가 나온다. 1천 매짜리 장편을 쓸 경우 A4로는 120매 정도를 써야 한다는 결론이다.

대개는 한 장도 쓰기 어려운데 어떻게 120매를 쓰냐며 지레 겁을 먹고 포기하는 경우가 흔하다. 생각을 바꾸어 보자.

120매를 쓴다고 생각하지 말고 열 장, 아니 일곱 장만 쓴다고 생각을 하면 중압감으로부터 완전히 해방된다. 출발도 훨씬 가벼운 마음으로 시작할 수 있다. 그러려면 쓰고자 하는 분량을 12개로 나누어야 한다. 그 12개에 각각의 소제목을 붙인 걸 흔히 '꼭지'라고 한다. 영어로는 bundle이라고 하는데, 묶음, 끼워 팔다 등으로 해석한다.

한 꼭지 당 A4 기준으로 7매씩 쓴다면, 12꼭지는 714매가 된다. 장편소설은 700매 이상이니 이것만으로도 한 권의 장편 분량은 되는 것이다. 714매에서 14매는 뚝 떼어 버리고 700매를 쓰고 나면 스스로 당신이 장하다는 생각이 들 것이다.

천 리 길도 한 걸음부터라는 말이 있다. 시작이 반이라는 말도 있다. 당신은 이미 출발을 했고 A4 분량으로 4장을 썼다. 이미 절반은 썼다는 말과 같다. 그 4장을 12꼭지로 나누어 놓으면 훨씬 가볍게 소설을 쓸 수 있다.

각 꼭지에는 앞으로 진행될 부분을 염두에 두고 각각의 제목을 만들어 놓으면 보다 탄탄한 구조가 된다. 꼭지를 나누면서 각각의 짧은 이야기를 만들어 두는 것이 나중에 많은 도움이 된다.

글을 쓰는 순서는 각 꼭지의 분량을 일단 A4 기준 반 장 정도로 늘린다. 스케치를 하듯 중요한 부분을 써 놓은 후에, 각 꼭지를 바탕으로 해서 꼭지 당 A4 7매로 늘리는 쪽이 쉽다.

Tip

1.

노을이 지고 있을 무렵, 변동시장 초입에 딱총나무 지팡이를 짚은 칠십 대의 쪼그랑망태 같은 천득어미와 지적장애인인 서른 살의 천득이 나타난다. 키가 150센티도 안 되어 보이는 천득어미와 2미터가 넘어 보이는 천득의 엄청난 덩치가 시장 안으로 파고들자 금방 구경꾼들이 벌떼처럼 모여든다.

천득이 어미는 천득이를 데리고 분식센터 앞으로 간다. 호떡 천 원어치를 사서 천득에게만 준다. 호떡 세 개를 한꺼번에 먹느라 연신 입을 비트는 천득이. 천득이를 데리고 부식가게에서 천 원짜리 두부를 사고 생선가게를 들렀다가 다시 구제옷을 파는 곳으로 간다.

천득의 엄청난 덩치에 놀란 구제옷가게 주인은 너무 사이즈가 커서 버리려고 하던 청바지를 천 원에 판다. 천득이가 천 원의 가치에 대해서 알게 된 계기다.

천득은 중앙상회에서 40kg짜리 찐쌀 20포대를 트럭에서 간단하게 하차해 주고 수고비로 천 원만 요구한다. 중앙상회 팽 회장이 미안한 기색으로 천 원을 내밀자, 천득어미는 난생처음으로 천득이 돈을 벌었다는 사실에 감격의 눈물을 흘린다.

2.

천득이가 사는 건물에 보살이 살고 있다. 점을 보러 온 순댓국집은 문득 천득이 어떻게 지내는지 궁금하다. 방문이 열려 있는 천득이네

방으로 간다. 살짝 엿본다. 팬티만 입고 있는 엄청난 천득이. 순댓국집은 깜짝 놀라 보살의 집으로 뛰어 간다. 보살은 천득이 여자를 모른다고 말해준다.

시장에 나타난 천득이, 금방 구경꾼들이 모여 든다. 천득어미는 천득을 데리고 현대슈퍼로 들어간다. 엄청난 물건에 놀라 눈이 휘둥그레지는 천득이. 충청도 고향에서 본 슈퍼는 상대도 안 될 만큼 물건들이 많다.

구경 나온 남자들이 과연 천 원을 주면 심부름을 해 주는지 시험해보자고 한다. 몇몇이 수근거리다가 의용소방대장이 용기를 내서 천득어미에게 "댁의 아드님이 천 원을 주면 심부름을 해 줄 수 있느냐"고 더듬거린다.

천득이가 나서서 손가락 한 개를 펴 보이며 천 원만 달라고 한다. 놀란 의용소방대장과 박수를 치는 상인들, 너도나도 달려들어서 천 원씩 쥐어주며 우리 집 심부름을 해 달라고 부탁을 한다.

심부름 시킬 것이 없는 상인도 재미 삼아 천 원짜리를 쥐어 준다. 바야흐로 천득이가 시장의 일꾼으로 등극하는 순간이다.

3.

천득이는 전통시장의 일월이 되어 버렸다. 아침에 출근을 해서 밤이 늦어 퇴근을 할 때까지 이 가게 저 가게를 스스럼없이 다니며 심부름을 한다.

세월이 흘렀다. 순댓국집에 나타난 천득이. 시장에서 가장 뚱뚱한 순댓국집 여자가 순대를 만드는 날이다. 해장으로 소주 한 병을 안긴다. 옆집의 통닭집 여자가 슬슬 걸어와서 천득의 바위 같은 엉덩이를 슬슬 문지른다. 천득이는 히죽히죽 웃을 뿐이다.

건강원 아내가 아침부터 천득이를 찾아다닌다. 현대슈퍼 주인이 천득이를 불러서 창고 정리를 시키고 있다. 소문을 듣고 현대슈퍼를 찾아 간 건강원 아내가 묻는 말에, 현대슈퍼는 모른다고 잡아뗀다.

밤늦게 순댓국집에서 순대를 얻어 집으로 간 천득이. 때마침 보살이 와 있다. 천득어미와 세 명은 술을 마신다.

큰길가에 과일가게와 편의점이 있다. 시간만 있으면 과일가게 옆에 있는 '바다이야기'에서 게임을 즐기는 과일가게 주인은 재미 삼아 천득이를 때려 본다. 천득이 반항을 하지 않는 것을 보고 묘한 쾌감을 느낀다.

건강원 아내와 떡집 아내가 서로 천득이를 데리고 가겠다고 쟁탈전을 벌인다. 아내들이 오지 않아 찾아 나선 남편들. 싸움은 남편들에게로 번지고, 천득이는 태연하게 채소가게에서 오이를 씹어 먹고 있다.

4.

상인회 회의가 열리고 천득이를 공평하게 부려 먹을 대책을 세운다. 결론은 천득이에게 핸드폰을 사 줘서, 현재 어디에 있는지 정보를 공유하자는 걸로 끝이 난다.

이튿날 상인회 총무인 건강원은 천득이에게 핸드폰을 사준다. 물론 요금은 천득어미가 내는 걸로 했다.

밤이 이슥한 시간 순댓국집에 모인 시장 여자들은 과연 진짜 천득이 여자를 모를까를 화제로 키득거리며 술을 마신다. 천득이를 장가 보내면 소원이 없겠다는 천득어미. 천득이는 남자 구실을 못해 장가를 못간다는 보살. 화가 난 천득어미는 보살에게 직접 확인해 보라고 한다. 엄청나게 큰 천득의 남성, 스무 살에 시집갔지만 신들려 쫓겨난 무당은 온몸이 자지러지고, 천득이도 신비한 경험에 눈을 번쩍 뜬다.

5.

오전부터 바다이야기에서 게임에 빠져 있는 과일가게 주인. 오늘도 돈을 잃었다.

변동시장 번영회 회원들은 관광버스를 타고 포항에 회를 먹으러 간다. 팔도건강원의 지시로 회원들에게 술잔을 돌리던 천득은 상인들이 주는 술을 덥석덥석 받아먹고 곯아떨어진다. 관광버스가 변동시장에 도착할 때까지 천득은 잠을 자고 있었지만 누구 하나 깨우지 않는다. 운전사가 깨워서 천득이 눈을 떴을 때는 버스 안이 텅 비어 있을 때다.

6.

떡집 남자는 해장술에 취해 천득이를 개 패듯 팬다. 팔짱을 끼고 구경하는 상인들의 표정은 재미있기만 하다. 과일가게 주인은 천득이를 데리고 게임장에 간다. 얼떨결에 핸들을 잡아당긴 천득이는 삼십만 원을 딴다. 놀란 과일가게 주인.

천득이 기분 좋아서 집으로 간다. 천득어미는 보이지 않고 보살 혼자 신당에서 텔레비전을 보고 있다. 천득이 갑자기 생각이 나서 남성을 만져 달라고 한다. 깜짝 놀란 보살은 천득이를 빈 방으로 데리고 간다. 이어서 들리는 비명소리, 보살은 까무러치고.

천득이는 바다이야기에서 또 돈을 땄다. 과일가게 옆에 있는 꽃집에서 상품권을 돈으로 교환한다. 꽃집 여자의 마음은 콩밭에 가 있다.

천득의 엉덩이를 슬슬 문지르며 앞으로는 게임을 하지 말라고 속삭인다.

천득이 기분이 좋아서 만 원을 주고 트럭에서 파는 튀긴 닭 네 마리를 산다. 편의점 아르바이트생에게 한 마리를 준다. 아르바이트생은 고마워서 로또 천 원짜리를 선물하고.

태풍에 시장이 쑥밭이 됐다. 천득이는 연일 호황을 누리고, 상인들은 물에 잠긴 상품들을 햇볕에 말리랴, 밤에는 물건을 지키랴, 신경이 곤두서서 연일 싸움질이다.

천득이는 대낮에도 보살이 생각나면 집으로 간다. 보살은 천득어미 모르게 천득을 데리고 빈 방으로 들어간다.

부슬부슬 비가 내리는 날 천득은 엄 양한테 가기 위해 돈을 가지러 집에 간다. 천득어미는 외출 중이고 천득은 문득 선화보살의 손길이 생각나서 선화보살에게 또 만져 달라고 한다. 선화보살은 천득을 데리고 방글라데시인과 네팔인들이 살던 빈 방인 201호로 들어간다.

7.

과일가게 주인은 천득이 5만 원짜리 로또에 됐다는 걸 알고 놀란다. 한편으로는 글자를 모르는 천득이 복권을 살 때마다 자신이 확인할 생각으로 폭력을 휘두른다. 끄떡없는 천득이. 과일가게 주인은 때마침 가게 앞을 지나가는 다방아가씨를 보고 티켓을 끊어 천득이를 여관으로 보낸다.

아무 생각 없이 여관으로 간 천득이. 껌을 질겅질겅 씹으며 천득이를 만난 다방 아가씨는 침대에 발랑 눕는다. 이어서 들려오는 비명소리, 119가 달려오고 다방 아가씨는 산부인과에 입원한다.

구제옷가게 여자는 마침 산부인과에 갔다가 과일가게 주인과 다방 마담이 천득이 운운하며 싸우는 말을 듣고 충격을 받는다. 단숨에 시장으로 달려가서 따끈따끈한 소문을 날리고. 여자들은 다시 충격을 받고.

그날 밤 현대슈퍼는 아내로부터 그 말을 듣고 이튿날 대책회의를 한다. 하지만 현수막을 걸 수도 없고, 서로 마누라 열심히 지키자는 걸로 끝이 나고.

밤 10시가 넘은 시간 순댓국집에 여자들이 모였다. 이윽고 천득이 들어오고 여자들은 묘한 호기심에 천득을 에워싼다. 실실 웃는 천득이. 용기를 내서 분식센터가 천득의 가랑이 사이를 살짝 만져 본다. 깜짝 놀라서 뒷걸음을 치고 놀란 여자들 겁을 먹고 천득이를 돌려보낸다.

8.

순댓국집 여자는 보살에게 점을 보러 간다. 보살은 찬바람이 불기 전에 낚시터에서 살다시피 하는 남편이 집으로 돌아와서 예전처럼 장사를 할 것이라고 점지해 준다.

보살은 천득이에게 수고비를 이천 원으로 인상하라고 요구한다. 상인들은 수고비가 100% 인상되었다는 소식에 길길이 날뛴다.

상인회는 긴급회의를 연다. 뾰족한 방법이 없다. 천득이를 부려 먹으면 벌금을 십만 원 내기로 한다. 하지만 이튿날 회의에 참석하지 않은 채소장수 노파가 이천 원을 주는 통에 약속은 깨져 버리고 이천 원도 싸다는 걸 깨닫게 된다.

편의점에 담배 심부름을 간 천득이 때문에 양주 한 병을 도둑맞은 편의점 사장은 천득이를 죽도록 패지만 천득이는 실실 웃고 만다.

9.

순댓국집 남자는 낚시를 가려다 요즘 천득이가 시장 여자들을 모두 넘본다는 말에 포기한다. 하루 종일 장사를 하면서 천득이를 지켜본다. 홍이 난 아내는 내일 순대 만드는 날에 잔심부름을 시킬 천득이를 기다리고. 노심초사하던 남자는 아내를 패려다 그 덩치에 깔려 허리를 삐끗하여 입원한다.

순댓국집 여자가 가게 문을 못 여는 것을 본 통닭집은 그 원인이 천득에게 있다는 소문을 낸다. 사건은 해프닝으로 끝났지만 남자들은 가급적이면 천득이를 부르지 않는다. 심심한 천득이는 큰길가의 과일가게로 간다. 과일가게에서 만난 다방아가씨는 천득이를 여관으로 데리고 간다.

현대슈퍼 남자는 질투심에 천득이를 창고로 데리고 가서 개처럼 팬다. 비를 철철 맞으며 집으로 간 천득이를 보고 놀란 보살은 옷을 갈아입히다 다시 빈 방으로 데리고 간다. 때마침 외출했다 들어 온 천득어미는 남녀의 숨찬 목소리의 근원을 알아차리고.

10.

천득과 선화보살이 은근하게 내통하고 있다는 사실을 알게 된 천득어미는 프랜차이즈 치킨 두 마리에 맥주 두 병을 사다 놓고 결혼식을 올린다. 이제 한 여자를 거느리게 된 천득이. 선화보살은 일당을 만 원으로 인상하는 것과 동시에 절대로 얻어맞고 다니지 말라고 지시를 한다.

하루아침에 수고비가 오백퍼센트 인상되었다는 사실을 모르는 몇몇 상인들은 아무 생각없이 천득에게 심부름을 시켰다가 곤욕을 치른다. 상인들은 다시 회의를 소집, 천득에게 심부름을 시키면 벌금을 10만 원씩 내야 한다고 규칙을 정한다.

순댓국집 여자는 아무 생각 없이 일을 시켰다가 천득이 만 원을 달라는 말에 놀라서 설득을 해 볼 요량으로 장사가 끝난 다음에 오라고 한다.

과일가게에서 술을 마시고 놀다가 밤이 늦어 순댓국집으로 찾아간 천득이는 만 원을 달라고 한다.

순댓국집 여자는 천득을 설득하지만 천득은 요지부동이다. 문득 천득이 진짜 여자를 알까? 하는 호기심이 일어나서 가게 불을 끄고 방으로 데리고 들어간다. 이어서 밤을 가르는 비명소리, 천득은 콧노래를 부르며 가게에서 나간다.

이튿날 순댓국집은 문을 열지 않았다. 통닭집은 단번에 의심을 하고 소문은 꼬리에 꼬리를 물고 시장 안을 점령해 버린다.

11.

천득이 시장에서 수고비를 천 원씩 받던 시절은 전설 속에 묻혀 버렸다. 안락함과 돈 사이에서 갈등하던 상인들 중에 현대슈퍼가 해결점을 내놓았다. 간단한 심부름은 물론이고 온갖 일을 다 시키고 만 원을 내놓았다.

상인들은 다시 천득이를 부르기 시작한다. 천득이는 목돈이 들어와서 좋고, 상인들은 싸게 일을 시켜서 좋고 이른바 윈윈이 시작됐다.

대낮부터 술에 취한 과일가게는 천득을 부른다. 천득이 가지고 있는 로또복권을 빼앗으려다, 천득의 엄청난 힘에 초죽음이 되도록 얻어맞는다.

길 건너 편의점 사장은 전통시장과 업종이 달라서 상인들과 정보교환이 안 된다. 천득의 수고비가 만 원으로 인상된 것을 모르고 창고정리를 시킨다. 만 원을 달라는 말에 빗자루로 천득이를 때리다가 도리어 기절할 만큼 얻어맞는다. 천득은 만 원을 받아서 유유히 편의점을 나가고.

꽃집 여자가 천득을 부른다. 소주 한 병을 안겨주고 문에 외출중이라는 팻말을 걸고 작업대에 발랑 눕는다. 이어서 한낮의 정적을 깨는 비명소리는 1톤 트럭의 타이어가 펑크나는 소리에 묻히고.

12.

소나기가 억수같이 쏟아지던 날 현대슈퍼 남자는 안채 마당의 막힌 하수구를 뚫기 위해 천득을 부른다. 시장통닭집에서 여자들과 낮술을 마신 현대슈퍼 아내는 남편이 배달을 간다는 말에 슈퍼로 간다. 천득이 화장실을 알려달라는 말에 안채로 들어간 그녀는 호기심에 천득을 유혹한다.

배달에서 돌아온 현대슈퍼는 막혔던 하수구가 뻥 뚫린 것을 보고 만족해 한다. 그러나 거실에서 나오는 천득을 보고 깜짝 놀라 안채로 뛰어 들어간다. 아내가 거실 바닥에 까무러쳐 있다. 천득에게 달려들지만 억수같이 쏟아지는 빗속으로 내동댕이쳐진다. 고통스럽게 일어나 순댓국집 남자에게 전화를 건다.

비를 맞고 집으로 온 천득으로부터 몇 명의 여자들을 기절시켰다는 말을 들은 선화보살은, 천득의 아버지가 동네 여자들에게 불려 다니다가 몰매를 맞아 죽었다는 말을 떠올리고 가슴이 철렁 내려앉았다. 까딱 잘못하면 천득이도 시아버지처럼 몰매를 맞아 죽을지 모른다는 생각이 들면서 온 몸에 소름이 돋았다.

장편소설을 쓰면서 꼭지를 나누어야 하는 이유에는 두 가지가 있다.

그 중 하나는 꼭지를 대충 만들어 놓고 보면 어떤 방향으로 흘러가야 할지 소설 전체가 보인다는 점이다. 줄거리를 만들 때만 해도 생각나지 않던 에피소드도 생각이 나고, 어디쯤에서 상황을 반전시켜야 하는지도 쉽게 파악이 될 수도 있다.

두 번째는 다음 단계에서 언급을 하겠지만 소설 쓰기가 쉬워진다는 점이다. 전체를 바라보며 쓰는 것보다는 꼭지 하나하나를 완성해 나가는 것이 훨씬 쉽다. 앞에서 언급을 한 것처럼 꼭지 하나의 분량은 일곱 장에 불과하다. 하나의 꼭지에는 몇 개의 작은 삽화들이 뭉쳐 있다. 그 삽화들을 구체적으로 풀어 쓰기만 해도 금방 일곱 장을 채우게 될 것이다.

꼭지를 잘 만들어 놓으면 소설 전체의 윤곽과 같은 역할을 한다. 충실하게 만들어 놓으면 윤곽이 그만큼 선명해지니까 소설의 완성도도 높아진다는 점을 염두에 두어야 한다.

위에서처럼 편의상 아라비아 숫자로 순번을 매겨 놓는 것도 좋지만 소제목을 붙여 놓으면 심리적으로 꼭지의 제목을 의식하게 된다. 이 점은 독립된 꼭지마다의 완성도를 높인다.

여기서 잠깐!

꼭지를 만들다 보면 줄거리가 무너질 수도 있다. 처음 의도와 다르게 다른 방향으로 흘러갈 수도 있다. 그 점에 대해서는 걱정하지 않아도 된다. 소설만 그런 것이 아니라, 어떤 일이든지 지속하다 보면 더 좋은 방법이 생각난다.

앞에서도 언급했지만, 처음 시작을 할 때는 서울에서 출발, 대전, 대구를 거쳐 부산에 도착하는 구도다. 하지만 대전쯤에 도착해서 보니까 목포로 내려가서, 목포에서 부산으로 가는 것이 훨씬 낭만도 있고 볼거리도 많을 것 같다는 생각이 든다.

또, 반드시 부산에 도착해서 종결을 지으라는 법도 없다. 목포에서 끝날 수도 있고 대구에서 결말을 짓게 될 수도 있다. 따라서 처음 계획과 다르게 기차가 달려간다고 해서 고민하거나, 바로잡기 위해 노력을 할 필요는 없다.

4단계: 삽화 만들기

1. 삽화 만드는 법

소설을 완성시키는 것과 영화 촬영을 시작해 클라이맥스에 도달하는 것 사이에는 여러 가지로 유사점이 많다. 소설을 쓰면서 영화적 기법을 이용하면 훨씬 살아 있는 글이 된다. 즉, 입체적인 글이 된다.

영화를 보면 어느 부분에서는 주인공의 얼굴을 화면 가득 채운다. 수백 명이 시위하는 모습을 화면에 담기도 한다. 화분에 피어 있는 꽃을 클로즈업하는가 하면, 주방에 있는 칼을 클로즈업한 후에 살인사건이 일어나기도 한다.

좋은 소설은 오감(五感)을 움직이게 만든다. 영화적 기법을 소설에 차용하라고 하는 것은, 영화를 찍는다는 생각으로 소설을 쓰면 리얼리티가 살아나기 때문이다.

드라마나 영화에는 신(scene)이라는 용어가 있는데, 몇 개의 쇼트(shot)가 모여서 한 신이 된다.

쇼트는 카메라가 촬영을 시작해서 멈출 때까지를 뜻한다. 쇼트를 소설로 치면 한 문장이다. 예를 들어서 "천득이가 해죽해죽 웃기 시작했다"는 한 쇼트다. 천득이를 바라보고 있는 상인, 시장의 풍경이 이어지면 신이다. 소설로 치면 하나의 단락이 된다.

신이 모이면 시퀀스(Sequence)가 된다. 시퀀스는 신과 신이 모여서 만든 작은 이야기다. 영화가 완성된다는 것은 시퀀스가 모여서 하나의 스토리를 만드는 것이다.

소설도 그렇다. 단편이든 장편이든 여러 가지 이야기가 모여서 한 편의 스토리를 완성한다. 그 여러 가지 각각의 이야기는 하나의 에피소드다.

자! 그럼 당신이 만든 스토리를 토대로 해서 각각의 삽화를 만들어 보자. 한 꼭지 당 A4 용지 7매로 환산했을 때 삽화는 3~4개가 적합하다. 같은 꼭지 안에서는 각 삽화들이 유기적으로 연결되지 않을 수도 있고, 모두 연관성을 가질 수도 있다.

즉, 삽화가 삽화를 낳는 식으로 생각한다면 유기적으로 연결되는 결과가 나오지만, 독립적인 삽화일 때는 다음 꼭지에 나올 삽화를 예고하는 것으로 그친다는 것이다.

삽화는 한 장의 그림에 스토리가 담겨 있다. 스냅사진처럼 정지되어 있지만 이야기를 담고 있다는 것이다. 예전 신문연재소설이 활발했을 때 매 회 내용에 따른 삽화가 있었다는 점을 기억해 보면 이해가 쉬울 것이다. 따라서 당신이 만들게 될 삽화도 하나의 짧은 이야기가 되어야 한다.

삽화, 즉 하나의 작은 이야기를 쉽게 만들려면 다음 사항들을 참조하면 좋다.

① 등장인물들의 특징과 배경을 이용한다.

소설의 등장인물과 작품의 배경을 활용하여 삽화를 만든다. 등장인물의 캐릭터는 곧 삽화의 시발점이 된다는 점을 염두에 두어야 한다. 캐릭터와 어울리지 않는 삽화라는 생각이 들면 억지로 끼워 놓은 듯한 느낌이 든다. 이를테면 등장인물이 남자인데 화장하는 모습을 삽화로 만든다면 어울리지 않을 것이다.

② 작성한 스토리를 확대해 나간다.

스토리는 어떠한 형식이든 현재진행 중이다. 진행 중이라는 것은 공간과 시간이 있다는 말과 같다. 스토리에 나와 있는 장소에서 일어남직한 일을 확대해서 삽화로 만들면 쉽다. 예를 들어서 스토리에 '주인공이 현재 사무실 책상 앞에 앉아 있다'라면 사무실에서 일어남직한 일, 갑자기 정전이 돼서 모든 컴퓨터가 꺼지는 상황, 부장이 사장한테 꾸중을 듣고 난 후 살얼음이 깔려 있는 듯한 사무실 분위기 등 얼마든지 삽화를 만들어 낼 수가 있다.

③ 삽화는 또 다른 삽화의 출발점이다.

삽화는 삽화 그 자체로 하나의 작은 이야기 역할을 한다. 하지만 잊지 말아야 할 점은 삽화는 항상 또 다른 삽화의 시작을 알리는 출발점으로 끝을 내야 한다는 점이다. 드라마를 자세히 뜯어보면 매회 하나의 이야기가 시작이 되고, 끝을 내면서 다음에 벌어질 일을 예고한다. 삽화도 이처럼 미완성으로 끝을 내야 한다.

④ 시작 부분의 섭화는 등장인물을 소개할 수 있는 삽화를 만드는 것이 좋다. 작은 사건, 일상의 변화, 날씨 등의 소도구를 이용하는 것이 좋다.

여기서 잠깐!

일반적인 소설 작법은 집을 짓는 순서와 같다. 설계를 하고, 주춧돌을 놓고, 대들보를 올리고, 벽을 올리고, 마감을 하는 순서로 진행된다. 그러나 여기서는 기존의 일반적인 작법이 지시하는 방향을 거부한다.

소설을 영화를 만드는 것처럼 삽화를 만들어서 연결을 시키는 것도 일반 작법책에서는 언급하지 않는 부분이다.

앞에서도 언급을 했지만 일반적인 문학 작법의 한계는 이론은 완벽하지만 곧바로 실기로 연결이 되지 않는다는 점이다.

미술은 이론을 바탕으로 그림을 그릴 수 있다. 악기 연주도 악보 보는 법을 이론으로 배우고 나면 얼마든지 할 수가 있다.

문학은 그렇게 할 수가 없다.

진달래를 보는 느낌은 백이면 백 모두 다를 수가 있다. 바다의 이미지는 이렇다, 수선화의 이미지는 이렇다, 라는 식으로 확정지을 수 없다. 직접 글을 어떻게 쓰는지는 빼 놓고 전체적인 개요만 언급할 수밖에 없다.

여기서 언급하는 내용은 다소 진부하고 저급하다고 볼 수도 있다. 하지만 일대일로 지도를 하는 것처럼 기술하였다는 점을 알게 되면 결코 진부하거나 저급해 보이지 않을 것이다.

2. 삽화 만들기(꼭지 당 A4 7장)

자! 그럼 『천득이』의 꼭지 '1번' 을 기준으로 삽화를 만들어 보자.

본격적으로 소설을 쓰기에 앞서 전통시장을 직접 방문했다. 천득이가 등장하는 시장(소설 속의 변동시장: 사실은 구로구에 있는 구로시장을 답사하고 모델로 삼았음. 소설에 등장하는 큰길가의 이층 건물에 있는 정형외과, 과일가게, 바다이야기며 편의점은 답사 당시 실제 존재하고 있었음)은 자주 가는 전통시장이었지만 소설을 쓰겠다는 생각으로 답사를 했을 때는 의미가 깊게 와 닿았다.

소설을 쓰겠다는 목적을 가진 답사였으므로 모든 상황이나 장면이며 상인들의 일상이 소설의 한 장면처럼 와 닿았다. 빨리 소설을 써야겠다는 조급함이 앞서기도 했다. 낚시꾼은 낚시터에 도착하자마자 대어가 눈앞에서 선명하게 그려진다고 한다. 그래서 좌대를 펴기도 전에 낚싯줄부터 물에 담가 놓는다고 한다.

소설을 쓰기 위한 현지 답사도 그렇다. 소설을 빨리 쓰고 싶다는 욕망이 춤추는 것을 느끼게 될 것이다.

▶1번 꼭지 내용

① 노을이 지고 있을 무렵, 변동시장 초입에 딱총나무 지팡이를 짚은 칠십 대의 쪼그랑망태 같은 천득어미와 지적장애인인 서른 살의 천득이 나타난다. 키가 150센티도 안 되어 보이는 천득어미와 2미터가 넘어 보이는 천득의 엄청난 덩치가 시장 안으로 파고들자 금방 구경꾼들이 벌떼처럼 모여든다.

② 천득이 어미는 천득이를 데리고 분식센터 앞으로 간다. 호떡 천 원어치를 사서 천득에게만 준다. 호떡 세 개를 한꺼번에 먹느라 연신 입을 비트는 천득이.

③ 천득이를 데리고 부식가게에서 천 원짜리 두부를 사고 생선가게를 들렀다가 다시 구제옷을 파는 곳으로 간다. 천득의 엄청난 덩치에 놀란 구제옷가게 주인은 너무 사이즈가 커서 버리려고 하던 청바지를 천 원에 판다. 천득이가 천 원의 가치에 대해서 알게 된 계기다.

④ 천득은 중앙상회에서 40kg짜리 찐쌀 20포대를 트럭에서 간단하게 하차해 주고 수고비로 천 원만 요구한다. 중앙상회 팽 회장이 미안한 기색으로 천 원을 내밀자, 천득어미는 난생처음으로 천득이 돈을 벌었다는 사실에 감격의 눈물을 흘린다.

위 내용을 가지고 A4 용지 7장으로 늘려보자.

글을 쓰기 시작하면서 반드시 일곱 장을 써야겠다는 중압감을 가져서는 안 된다. 마음의 여유를 갖고 읽어 보면 길이 보이기 시작한다. 쭉 읽으면 짤막한 이야기에 불과하지만 자세히 뜯어서 읽어 보면 천득이가 서 있는 장소는 네 곳이다.

편의상 ①부터 ④까지 숫자를 붙였다. 영화로 치자면 신 번호다. 소설로 치자면 네 개의 삽화를 만들 수 있다.

①~④를 가지고 일곱 장을 쓴다면 산술적으로는 각각 A4 기준으로 1.75장을 쓰면 된다. 두 장이 안 되는 셈이다. 하지만 꼭 균등으로 배분을 해서 1.75장을 쓰지 않아도 된다. ①번으로 여섯 장을 쓰고 ②~④를 합하여 한 장을 써도 된다.

그 반대로 ④를 다섯 장 쓰고 나머지 내용으로 두 장을 써도 된다. 즉, 일곱 장을 쓰는 데 있어서 어느 부분을 키우고, 어느 부분을 축소하느냐는 오직 작가의 선택일 뿐이다.

분량을 늘리는 데 있어서 다음 사항들을 염두에 두면 보다 효율적이고 빠르게 늘릴 수 있다.

(1) 구체적으로 서술한다.

(2) 천득이와 직, 간접적으로 연결이 되는 인물을 등장시킨다.

(3) 대화를 집어넣는다.

(4) 사건이 벌어지는 상황을 서술한다.

(5) 심리 묘사를 집어넣는다.

위의 다섯 가지를 삽입하면 분량이 저절로 늘어난다. 이른바 본격적으로 소설을 쓰기 시작하는 단계인 셈이다.

여기서 잠깐!

꼭지를 쓸 때 주제나, 시점, 배경 등을 정밀하게 묘사해야 되는 건 아닐까? 하는 의문이 들 수도 있다. 앞서 설명하기를 12꼭지를 연결하면 200자 원고지로 환산하여 700매를 쓴다고 했으니 거의 완성된 것이나 다름없다고 생각할 수 있기 때문이다. 물론 주제의식을 갖고 시점을 통일한다면 더없이 좋다. 하지만 당신이 초심자라면 일단 700매를 쓴 다음에 한 가지씩 통일해 나가면 소설이 더 탄탄해진다.

Tip

① Ⓐ 노을이 지고 있을 무렵, Ⓑ 변동시장 초입에 딱총나무 지팡이를 짚은 칠십 대의 쪼그랑망태 같은 천득어미와 지적장애인인 서른 살의 천득이 나타난다. Ⓒ 키가 150센티도 안 되어 보이는 천득어미와 2미터가 넘어 보이는 천득의 엄청난 덩치가 시장 안으로 파고들자 금방 Ⓓ 구경꾼들이 벌떼처럼 모여든다.

위 1번 문장을 가만히 뜯어보면 모두 4개의 컷이 있다. 당신이 만약 카메라로 ①번 현장을 찍는다면, 다음과 같은 순서가 된다. 먼저 노을이 지고 있는 시장 장면을 찍는다→시장 입구에서 걸어오고 있는 천득이와 천득어미를 찍는다→천득어미를 클로즈업하고, 옆에서 걸어오고 있는 천득이의 모습을 클로즈업한다→카메라를 돌려서 구경꾼들의 모습을 찍는다.

소설을 쓸 때 영화 촬영을 하듯이 머릿속에서 재현되고 있는 장면을 카메라를 옮겨가며 찍는 것처럼 쓰면 리얼리티가 살아난다. 처음에는 얼른 촬영 현장이 머릿속에 그려지지 않지만 계속 쓰다 보면 언제부터인지 자동으로 필름이 돌아가는 것을 느낄 수 있다.

① 노을이 지고 있는 시장 바닥에 천득이와 천득어미가 나타나고, 구경꾼들이.모여든다

이것을 A4 1장으로 늘리기 전에 워밍업을 해 보자.

㉠ 변동시장에 노을이 지고 있었다. ㉡ 구척장신에 고릴라처럼 생긴 천득이가 불쑥 나타났다. ㉢ 천득이에 비해 키가 150센티도 안 되는 노파가 천득이와 동행하는 것을 본 ㉣ 구경꾼들이 모여 들기 시작했다.

위에서 보는 것처럼 천득이에 대해서 간단하게 묘사를 했는데 문장이 두 줄로 늘어났다. 문장을 늘릴 때는 어느 부분에서 구체적 묘사를 할 것인지, 어느 부분에서는 첨가를 할 것인지 살펴보면 어렵지 않다.

㉠ 변동시장에 노을이 지고 있었다.

이 부분도 변동시장의 풍경과, 노을이 지는 장면을 구체적으로 서술을 하면 A4 한 장을 충분히 채울 수도 있다. 대충대충 스케치를 하는 식으로 서술을 해도 A4 반 장 정도는 가볍게 채울 수가 있다. 따라서 ①번 한 줄로 얼마나 확대해 생산할 수 있는지는 충분히 가늠할 수 있을 것이다.

여기서 잠깐!

㉠ 부분을 설명하려면 현재 변동시장의 상활을 스케치하는 식으로 서술해 준다(정밀 묘사는 일단 원고량이 완성된 후에 첨가를 하도록 하자).

당신의 머릿속에는 고릴라만한 덩치의 천득이가 전통시장에 나타난 모습이 그려지고 있다. 작가의 시선으로 장면을 서술해 나가는 것보다는 등장인물의 시선을 통해 천득의 모습을 그리는 것이 훨씬 쉽고 효과적이다.

즉, 작가는 뒤로 빠지고 등장인물의 시선을 통해 상황을 해설하게 되면 작가는 통제로부터 벗어날 수 있어서 훨씬 자연스러운 묘사를 할 수 있다.

영화를 찍을 때 처음에는 전체 풍경이 나온다. 카메라가 줌인을 하면 나무가 클로즈업된다. 더 가깝게 클로즈업하면 나무 밑에 앉아 있는 주인공의 모습, 그 다음에는 얼굴 표정이 클로즈업된다. 소설도 이런 식으로 쓰면 현장감이 살아난다.

갱스터 영화를 보자.

밤이다. 식당 뒷문에서 흘러나오는 희미한 불빛으로 보이는 쓰레기통을 포인트 삼아 골목 전체가 보인다. 어디선가 빠른 발자국 소리가 들린다. 저 멀리 한 사내가 바쁘게 뛰어 오고 있다. 연이어 그를 쫓는 몇 명의 무리들. 쫓기는 사내가 점점 가까이 다가온다. 이윽고 몸 전체가 보인다. 골목은 서서히 뒤로 밀려가고 카메라는 쫓기는 사내의 얼굴을 클로즈업한다.

▶ 밤이라는 거대한 우주→희미한 빛을 받고 있는 뒷골목 전체→누군가 나타날지 모른다는 암시→쫓기는 사내→그를 뒤쫓는 사내들→쫓기는 사내의 몸 전체→쫓기는 사내의 얼굴

영화를 찍는 식으로 서술을 하면 자연스럽게 배경에 몰입할 수 있는 효과를 줄 수 있다. 이로써 문체가 거칠고 서툴더라도 공감대를 쉽게 형성할 수 있다.

소설을 쓸 때도 같은 방법으로 써 보자.

구름 한 점 없는 날이다(하늘)→그만그만한 크기의 집들이 다닥다닥 붙어 있는 동네는 조용하다(동네 전체)→차량 한 대가 겨우 들어갈 수 있을 정도의 골목 어귀에 작은 마트가 있다(골목 풍경) →파란색 대문을 열고 들어서면 아담한 단층주택이 있다(등장인물이 거주하는 주택)→남자의 화난 목소리가 들려 나왔다(주인공의 목소리)→전화를 받고 있는 주인공

위 예와 반대 방향으로 등장인물을 먼저 묘사하고 나서, 점진적으로 시야를 확대해 나가는 방법도 좋다.

Tip

그만한 크기의 가게들이 늘어서 있는 시장통에 노을이 지고 있었

다. 아침부터 비린내를 풍기고 있는 원조 순댓국집 안에는 선풍기가 돌아가고 있었지만 더웠다.

"비 온다는 말 못 들어 봤지……"

늙은 채소장사 남편이 혼잣말로 중얼거리며 순댓국집 안으로 들어왔다.

"비 온다는 말은 못 들어 봤지만, 오늘이 오십년 만에 젤 덥다는 뉴스는 들었슈."

능숙하게 족발의 살을 발라내고 있던 순댓국집 여자가 목소리만 들어도 누군지 알겠다는 목소리로 대꾸했다.

"비가 오면 와서 걱정, 안 오면 안 와서 걱정……"

채소장사 남편도 드럼통처럼 펑퍼짐한 몸에 짤막한 키의 순댓국집 여자를 바라보지 않았다. 냉장고 문을 열고 반 병짜리 소주병을 꺼내 들고 술청 앞에 섰다.

순댓국집 여자는 삶은 돼지머리 고기를 큼직하게 잘랐다. 그것을 다시 잘게 세 조각으로 잘라서 손바닥만 한 접시에 얹어 도마 앞에 내밀고 채소장사 남편을 바라본다. 채소장사 남편은 소주가 절반 정도 담긴 맥주컵을 엄지와 집게손가락만 이용해서 들었다.

"그 술값은 계산 안 한 거요."

순댓국집 여자는 살을 발라낸 족발 뼈를 일회용 용기에 담으며 채소장사 남편을 바라본다. 엉덩이를 덮은 흰색 반소매 와이셔츠 밑으로 칠부바지를 입었다. 황새다리처럼 야윈 다리의 장딴지는 칠십대 노인이라고 믿어지지 않을 만큼 힘줄이 툭툭 불거져 나왔다.

"이따 와서 계산할 걸세."

채소장사 남편은 술청 앞으로 가서 남은 돼지머리고기 두어 점을 손으로 집어 한꺼번에 소금을 묻혀 먹었다.

바람이 불 때마다 뜨거운 기운이 얼굴을 훅훅 덮는 변동시장 안은 찜통이 따로 없었다. 난전의 상인들은 천막 밑에서 팥죽 같은 땀을 흘리며 물건을 파느라 바쁘다.

첨 보는 할망군데?

채소장사 남편은 시장 초입 쪽으로 무심코 시선을 돌렸다. 지팡이를 짚은 쪼글쪼글한 노파와 구척장신의 사내가 붉은 노을을 등으로 받으며 걸어오고 있었다. 순댓국집 문설주를 잡으며 쪼그랑 노파를 바라봤다.

키가 백오십 센티 정도도 안 되어 보이는 쪼그랑망태 노파는 반질반질 윤이 나는 딱총나무 지팡이를 들고 있었다. 파란색 고무 슬리퍼를 신은 그녀 뒤에는 키가 2미터가 넘어 보이는 구척장신의 우람한 사내가 두 팔을 길게 늘어트리고 구부정한 자세로 따라오고 있었다.

순댓국집 여자는 양손을 허리에 얹은 채소장사 남편이 무엇엔가 홀린 것 같은 표정으로 서 있는 옆모습을 보고 손수건을 접었다. 턱밑으로 뚝뚝 떨어지는 땀을 닦으며 문 밖으로 상체를 내밀었다.

"대단하구먼."

노을을 등 지고 쪼그랑망태 노파의 모습은 보이지 않고 엄청나게 큰 남자가 천천히 걸어오고 있는 모습이 보였다. 자신도 모르게 마른침을 꼴깍 삼키며 밖으로 나갔다.

명태처럼 삐쩍 마른 청산상회 남편과, 드럼통처럼 짤막한 키에 우람하게 살이 찐 순댓국집 여자가 쪼그랑망태 노파 앞을 가로막았다.

노파와 동행하고 있는 사내는 멀리 시장 끝에서 발뒤꿈치를 들지 않아도 한눈에 띌 만큼 키가 컸다.

채소장사 남편은 쪼그랑노파와 시선이 마주치는 순간 자신도 모르게 순댓국집 여자를 바라봤다. 반쯤은 정신이 나간 얼굴로 사내를 바라보고 있던 순댓국집 여자는 채소장사 남편이 살찐 옆구리를 쿡 찌르는 감촉에 고개를 돌렸다.

순댓국집 여자와 채소장사 남편이 순댓국집 안으로 토끼처럼 냉큼 뛰어 들어간 후에야 쪼그랑노파는 아무런 일도 없었다는 얼굴로 걸음을 옮기기 시작했다.

사내는 어깨를 약간 숙인 자세로 허리를 움츠린 채, 관절염에라도 걸린 것처럼 무릎을 완전히 펴지를 않았다. 로봇처럼 무릎을 약간 구부린 각도를 유지하며 발바닥은 땅을 슬쩍슬쩍 스치는 것처럼 걸었다.

구경꾼들의 입이 딱 벌어질 정도로 큰 발에는 샌들을 신었다. 샌들은 시장 안의 신발가게나 구두점에서 파는 것이 아니다. 타이어 고무 같은 재질을 발 크기로 오려서 바닥을 만들고 적당한 굵기의 밧줄로 발걸이만 대충 만든 것으로 조잡하기 이를 데 없었다.

삽시간에 모여 든 수십 명의 구경꾼들은 그 기묘한 커플이 어디에서 갑자기 나타났는지를 두고 설왕설래를 하기 시작했다.

구경꾼들의 시선을 사로잡는 쪽은 허리를 구부린 키가 사내의 허리춤 밖에 닿지 않는 노파가 아니다. 그렇다고 노파가 서너 걸음을 걸을 때 한 걸음으로 성큼 따라 붙는 구척장신도 아니다. 그 두 명을 나누어서 개별적으로 보지 않고 한 컷의 사진처럼 바라봤다.

삽시간에 구경꾼들을 수십 명이나 모은 쪼그랑노파의 이름은 박분녀(朴糞女)다. 그녀가 살던 지방의 산골 동네에서는 천득어미라고 불렀다. 그녀를 따르고 있는 아들의 이름은 호적상 황천덕이지만 이사 오기 전의 지방 사투리로는 천득이라고 불렸던 까닭이다.

여기서 잠깐!

캐릭터는 현장과 맞도록 창조하여야 한다. 단순히 현장에 있을 수 있는 인물로만 설정하는 데 그치지 않고, 대화, 습관, 외모까지 일치시켜야 한다. 이를테면 캐릭터의 직업이 엔지니어인가? 목수인가? 의사, 선생, 노동자, 건달, 조폭이냐에 따라서 이름이며 말투, 습관이 달라져야 한다.

노가다로 먹고 사는 노동자라면 말투가 시비조고 욕설투일 가능성이 높다. "까는 소리 하고 앉아 있네. 왜 일당이 안 나오는 거야? 십장 새끼가 해 처먹은 거 아냐?"라는 식으로 말을 할 것이다.

노동판에서 막노동을 하기는 하지만 사업체를 경영하다 실패한 경우는 다르다. "이런 경우는 없습니다. 일을 했으니까 당연히 일당이 나와야 되는 것 아닙니까? 혹시 십장이 횡령한 건 아닐까요?"라는 식으로 말을 한다.

위, 『천득이』에서는 '대화'가 통일되지도 않았고 직업과 어울리지 않는다. 700매 정도의 원고를 완성해 나간 다음에 등장인물마다 한 명씩 대화체를 통일시켜 나가면 된다.

Tip

② Ⓐ 천득이 어미는 천득이를 데리고 분식센터 앞으로 간다. Ⓑ 호떡 천 원어치를 사서 천득에게만 준다. Ⓒ 호떡 세 개를 한꺼번에 먹느라 연신 입을 비트는 천득이.

"천득아 호떡 사 줄까?"

천득어미가 호떡이며 도넛 꽈배기 등을 팔고 있는 분식센터 앞에서 멈췄다. 천득어미는 천득의 얼굴을 바라보려면 서너 걸음 뒤로 물러서야 될 정도로 키가 작고 왜소했다. 하지만 목소리는 걸음마를 시작한 어린 아들의 손을 잡고 시장에 함께 나온 어머니처럼 정겹고 부드러웠다.

천득은 히죽 웃는 얼굴로 입을 꾹 다문 채 고개만 끄덕거렸다. 호기심이 번들거리는 눈빛으로 천득을 바라보고 있던 수십 명의 사람들은 사내가 벙어리인지도 모른다고 생각했다.

사십 대의 분식센터 여자는 천득의 엄청난 덩치에 가슴이 덜덜 떨렸다. 연신 마른침을 삼키며 바쁘게 호떡을 구워냈다. 원래 두 개에 천 원씩 팔지만 천득의 덩치에 놀라서 엉겁결에 세 개가 담긴 접시를 내밀었다.

천득어미는 분식센터 여자에게 호떡 세 개를 한꺼번에 종이에 싸달라고 말했다. 분식센터 여자가 덜덜 떨리는 손으로 호떡을 신문지에 싸서 내밀었다.

천득어미는 유난히 붉은 혀를 고양이처럼 날름거리며 갈색 입술을 핥았다. 돈을 꺼내려고 사람들이 쳐다보든 말든 치마를 걷어 올렸다.

구경꾼들의 눈에 그녀가 새빨간 반바지를 입었든, 비키니팬티를 입었는지는 관심이 없었다. 서산에 해가 걸려 있기는 하지만 벌건 대낮에 치마를 걷어 올려도 눈을 가리거나 뒷걸음치지도 않았다. 천득어미는 여인으로 보이지 않고 늙어빠진 노파로 보일 뿐이었다.

천득어미는 빨간 반바지 주머니에서 뚤뚤 말은 지폐 뭉치를 꺼냈다. 만 원짜리 서너 장에 오천 원짜리가 섞여 있는 지폐에서 천 원짜리 한 장을 꺼내어 분식센터 여자 앞으로 내 밀었다. 분식센터 여자는 황송하다는 표정을 지으며 굽실거리며 두 손으로 돈을 받았다.

분식센터 앞에서 한꺼번에 호떡 세 개를 먹고 있는 거인의 모습은 멀리서도 보였다. 더 많은 사람들이 금방 벌떼처럼 모여들어서 순식간에 백여 명이 천득 모자를 반타원형으로 에워쌌다.

"야가, 우리 천득이유. 참 잘생겼쥬? 나는, 야 어미유. 내가 살던 우리 동리 사람들은 날 보고 천득어미라고 불렀슈. 우리 천득이가 쫌 정신이 모질라기는 하지만 아는 참 착해유. 나이가 서른 살인데 이날 이때까지 남한테 해코지 하는 거 단 한 번도 못 봤슈."

천득어미가 갑자기 쥐눈처럼 작은 눈을 반짝이며 구경꾼들을 향해 돌아섰다. 양손으로 잡은 지팡이를 턱 버티고 섰다. 구경꾼들은 누가 시키지 않았는데도 모두가 흠칫 놀라며 뒤로 한두 걸음 정도 물러섰다.

"천득이!"

"아까도 이름을 불렀잖아. 천득아 호떡 사줄까?라고 말여."

"이름이 희한하구먼."

원래 자식은 어머니만 닮으라는 법은 없다. 천득어미의 남편이 장대하면 얼마든지 가능하다고 생각하며 사람들이 끼리끼리 소곤소곤거렸다.

뜨거운 호떡 세 개를 한꺼번에 베어 먹느라, 두꺼운 입술을 좌우로 바쁘게 비틀고 있는 천득의 목은 통나무처럼 굵고 짧았다. 눈을 가만히 바라보고 있으면 천득어미의 말대로 착하기는 하지만 평생 모자란 놈이란 말을 들으며 살 것처럼 보였다.

"큼! 그런데 어디서 왔습니까?"

시장 안에서 잉꼬 떡집을 하는 김병수가 용기를 내서 잔기침을 하며 물었다.

"지방에 살다가 어제 이사 왔슈. 저기에 있는 태평면옥 이층집으로……"

천득어미가 지팡이로 시장에서 유일한 이층 건물인 태평면옥을 가리켰다.

구경꾼들은 자신도 모르게 일제히 지팡이 끝을 따라서 태평면옥 쪽으로 시선을 돌렸다. 태평면옥은 이름처럼 냉면을 파는 식당이 아니고 중국음식점이다. 시장 사람들은 태평면옥이 있는 빨간색 2층 벽돌집을 병원집이라고 불렀다.

지금도 붉은 벽돌 벽에 박혀 있는 대리석판에 '평화의원'이라는 글씨가 남아 있을 정도로, 변동시장이 북적북적거릴 때는 병원건물이었다. 변동시장의 쇠퇴와 함께 원장은 큰길 편의점 앞에 2층 건물을 지어 이사를 갔다. 그냥 건물만 옮긴 것이 아니다. 시장에서 번 돈으로 진료과목을 정형외과, 내과, 비뇨기과로 확대했다. 돈을 벌어 준 병원집은 팔리지가 않아서 아래층은 중국음식점에 세를 놓았다. 이층에 있는 입원실들은 원룸으로 개조를 해서 사글세를 놓았다.

철둑을 등지고 있는 사글셋방은 귀신이 나올 것처럼 어둡고 낡은 데다, 기차 소음 때문에 사람 살 곳이 못 된다는 소문이 도는 곳이다.

상인들 중에는 철로를 등지고 있는 병원 집 이층을 드나드는 사람들이 많았다. 선화보살이라는 무당이 이층에 살고 있는 까닭에 점을 보기 위해서이다. 그래서 이층에는 선화보살 이외도 태평면옥의 아이들, 한 달 전에만 해도 방글라데시인들과 네팔인들이 합숙을 하고 있었는데, 일제 단속에 걸려서 강제 출국 당한 후에 지금도 그 방은 비어 있을 것이라는 점도 알고 있었다.

"이사를 왔으모 팥죽을 돌리든지 떡을 돌려야 되는 거 아이가?"

상인들은 그들이 병원집에 산다는 말을 듣고 나니까 조금은 만만해 보이기 시작했다. 옆구리에 검은색 비닐봉지 십여 매를 매달고 있는 청산상회 노파가 남편 옆에 서 있다가 입술을 삐죽거렸다.

"벼룩의 간을 빼먹지. 부조는 못할망정 어디 팥죽 얻어먹을 데가 없어서 그 집으로 이사 온 사람한테……"

"그냥 해 본 말이다, 안 하나."

천득어미는 구경꾼들이 빈정거리는 말을 무시해 버리고 걷기 시작했다. 그녀가 지팡이를 앞세워 바가지만한 엉덩이를 좌로 우로 흔들며 깨그작 깨그작 걸어가면, 천득은 아이처럼 연신 좌우를 두리번거리며 로봇 같은 자세로 저벅저벅 뒤를 따랐다. 구경꾼들은 궁금증이 완전히 풀리지 않아서 호기심이 얼굴에 번들거리는 표정으로 우르르 뒤를 따랐다.

여기서 잠깐!

소설에서 배경 묘사는 아주 중요하다. 그런데도 배경묘사를 하는 것은 뜻대로 쉽게 되지 않는다. 4년 동안 다닌 대학의 캠퍼스, 고등학교 다닐 때 본 학교 앞의 분식센터도 머릿속에는 선명하게 떠오르는데 막상 쓰려면 쉽게 써지지 않는다.

배경묘사를 해야 하는데 써지지 않는 경우는 소설 속의 배경과 유사한 장소를 직접 답사하는 것이 가장 빠르다. 대학 캠퍼스도 소설을 쓰겠다는 목적으로 답사를 하면 평소에는 그냥 지나치던 화단에 무슨 꽃이 피었는지, 기념관 앞에 있는 나무가 무슨 나무인지, 캠퍼스 숲 속 벤치의 색깔이 무엇인지 새로운 모습으로 다가오는 것을 느끼게 될 것이다.

여러 가지 상황으로 직접 캠퍼스에 갈 형편이 되지 않는다면 인터넷으로 사진을 구해서 보자. 머릿속으로 상상하며 쓰는 것보다 훨씬 사실적으로 쓸 수가 있다. 카페나 공원, 바닷가 풍경도 그냥 쓰는 것보다는 실물이나 사진을 보면서 쓰는 것이 좋다. 이러한 훈련을 계속하다 보면 나중에는 실물이나 사진을 직접 보지 않아도 저절로 떠오르게 된다.

Tip

③ Ⓐ천득이를 데리고 부식가게에서 천 원짜리 두부를 사고 생선가게를 들렀다가 Ⓑ다시 구제옷을 파는 곳으로 간다. Ⓒ천득의 엄청난 덩치에 놀란 구제옷가게 주인은 너무 사이즈가 커서 버리려고 하던 청바지를 천 원에 판다. Ⓓ천득이가 천 원의 가치에 대해서 알게 된 계기다.

"천득아! 엄마가 두부 사 오라고 하면, 꼭 이 집에서 사 와야 한다. 알겄지?"

천득어미가 채소며 콩나물, 두부 등을 파는 부식가게 앞에서 걸음을 멈췄다.

"두……두부! 나도 알고 있어. 두부."

천득이 노란 플라스틱상자에 담겨 있는 두부를 손가락질하며 자랑스럽게 대답했다.

구경꾼들은 일제히 고개를 끄덕이며 천득이 벙어리가 아니라는 사실을 두 귀로 확실하게 확인했다.

"그려, 엄마가 두부를 사오니라. 하고 심부름을 시키면, 저기 있는 호떡 파는 가게 앞에서 이짝으로 쭉 걸어와서 여기설랑 두부를 사란 말여. 아줌마, 야가 우리 아들 천득이유. 앞으로 콩나물하고 두부는 이 집에서 대 놓고 먹을 모양잉께, 좀 싸게 줘유."

천득어미는 달랑 천 원짜리 두부 한 모를 사면서, 막노동판 십장이 앞으로 인부들이 먹게 될 식당을 정하는 얼굴로 당당하게 말했다.

"아! 예, 예, 그러면요. 당연히 싸게 줘야죠."

부식가게 여자는 구척장신 천득을 두려운 표정으로 바라보고 있었다. 천득어미 말에 깜짝 놀란 얼굴로 자신도 모르게 굽실거렸다.

천득어미는 두부 한 모가 들어 있는 검은색 비닐봉지를 천득이 들게 한 후에 또 걸었다. 구경꾼들은 눈덩이처럼 불어났다. 구경꾼들 중에 저녁 찬거리를 사러 나온 주부들보다는 장사를 하는 상인들이 많았다.

생선가게 남자는 진작부터 백여 명의 무리를 이끌고 오는 천득어미와 천득이를 멀리서부터 목마른 눈빛으로 바라보고 있는 중이었다.

생선가게 앞 가판대 위에는 꽁치며, 고등어, 오징어, 갈치 등이 오천 원, 삼천 원 더미로 플라스틱 바구니에 담겨 있었다. 천득어미는 달랑 꽁치 한 마리를 손가락으로 들어 보였다.

"천득아, 엄마가 생선 사오라고 하면 꼭 여기 와서 사야 한다. 알겄지?"

천득어미가 천득을 올려다보며 꽁치를 흔들어 보였다.

"천득 씨?"

오십 대의 생선가게 주인이 천득이의 위아래를 더듬어 보며 조심스럽게 가게 밖으로 나왔다.

"천득이여. 천득이. 내……이름 황천득."

천득이 뒷짐을 진 채 턱 버티고 제법 덩치가 단단해 보이는 생산가게 주인을 바라보며 히죽 웃었다.

"아……천득 씨?"

"내참! 처……천득 씨가 아니고 그냥 천득이란 말여. 천득이."

"잘 알아들었습니다. 천득 씨."

생선가게 주인은 천득이 좀 모자란다는 정보를 입수하지 못했다. 천득이 코웃음을 치자 주눅 들어서 애매하게 웃으며 괜히 손바닥을 슥슥 비볐다.

"드……등신이구먼 천득 씨가 아니고. 천득이란 말여."

"아!……네……처……천득 씨."

천득이 한심하다는 표정으로 하는 말에 생선가게 주인이 쩔쩔매는 모습을 보고 구경꾼들이 와르르 웃어재꼈다. 생선가게 남자는 얼굴이 시뻘겋게 달아올랐지만 천득의 엄청난 덩치에 짓눌려서 뒷걸음치며 더듬거렸다.

"어……엄마, 저 아저씨 참말로 드……등신이구먼."

"야는 그냥 천득이라고 부르면 돼유. 그라고 나는 야 엄마 되는 천득어미유."

천득어미가 얇고 작은 갈색의 입술을 들먹거리면서 자랑스럽게 말했다.

"아! 천득이."

천득어미 말이 끝나자마자 생선가게 남자뿐만 아니라 웃음을 멈춘 구경꾼들까지 아이나 어른 할 것 없이 약속이나 한 것처럼 일제히 '천득이'라고 읊조렸다.

천득어미는 검은색 비닐봉지에 담긴 꽁치 한 마리도 천득의 손에 들려 준 후에 다시 걷기 시작했다. 구경꾼들은 행여 천득이 이름을 잊어버리기라도 할 것처럼 천득이, 천득이, 천득이라고 중얼거리면서 다시 따라가기 시작했다.

천득의 정체를 알아 버린 구경꾼들의 숫자는 더 이상 늘지는 않았다. 오히려 눈에 보이도록 많은 숫자들이 옆으로 새거나 뒤돌아갔다. 과일난전에서 사과를 딱 한 개만 사는 광경을 지켜보고 나서는 더 많은 사람들이 뒤로 처졌다.

천득어미가 멈춘 곳은 슬레이트 지붕에 세워 놓은 간판과 유리창에 '파리패션'이라고 써져 있었다. 파리패션은 그럴듯한 상호와 다르게 구제옷을 취급하는 곳이다. 세탁소처럼 처마 밑에 쭉 걸어 놓은, 청바지며, 원피스, 코트, 가죽잠바, 티셔츠, 이상야릇한 디자인의 재킷에는 3천원에서 5천원의 가격표가 붙어 있었다.

40대 초반의 파리패션 여자는 의자에 앉아서 선풍기 바람을 맞으며 낮잠을 자고 있다가 천득어미가 들어오는 인기척에 잠침을 닦으며 고개를 돌렸다.

"야가, 입을 만한 바지가 있는 지 모르겄구먼."

천득은 옷 같은 것하고는 관심이 없다는 얼굴로 가게 안에서 움직이지 않았다. 천득어미가 천천히 걸어 다니면서 벽에 걸려 있는 옷들을 들척였다.

"저……저분이 입으실 옷 말씀이신가요?"

파리패션이 엄청난 덩치의 천득을 바라보며 귓속말로 물었다.

"그려, 우리 천득이."

"지난번에 잘못 들어 온 바지가 한 벌 있기는 한데……"

가게 안에 걸려 있는 옷은 모두 외국인들이 입던 옷이라서 비교적 사이즈가 크거나, 디자인이 이국적인 것들이다. 파리패션은 괜히 가슴이 벌렁벌렁 떨렸다. 가슴라인이 깊게 파인 티셔츠를 입은 것도 아닌데, 왼손바닥으로 가슴라인 부분을 누르고 구석에서 청바지 한 장을 꺼내서 내밀었다.

"오늘 재수가 엄청 좋구먼. 이기 얼마예요?"

파리패션이 내민 청바지는 미국의 덩치 큰 프로레슬러들이 입었음 직한 빅사이즈의 청바지다. 낡기는 했지만 이삼 년은 충분히 입을 수 있을 만했다. 천득어미는 합죽합죽 웃으며 청바지를 양손으로 번쩍 치켜들고 천득이 하체에 맞춰 본다. 그런대로 기장이 맞을 것 같다는 생각에 파리패션 쪽으로 고개를 돌리고 합죽 웃었다.

"원래는 삼천 원을 받아야 하는데 처……천 원만 주세요."

파리패션은 가게 앞을 꽉 매운 구경꾼들 때문에 진땀이 났다. 가게에 있는 옷들은 모두 구제품이라서 저울로 달아서 구입해 온 것들이다.

"오늘 땡 잡았구먼. 천득아, 청바지는 반드시 요기서 사야 하능겨. 알겄지?"

"처……천 원?"

천득이 신기한 얼굴로 청바지를 자신의 하체에 맞춰보며 물었다.

"그려, 이 돈 한 장 주고 산 거여."

천득어미가 천 원짜리 한 장을 천득이 눈앞에 흔들어 보였다.

"조……좋아, 아주 좋아!"

천득이는 구제품은 물론이고 고향에 살 때 읍내 자동차 정비업체에서 걸레로 쓰던 청바지도 입어 본 적이 없었다. 히죽히죽 웃는 얼굴로 청바지를 어깨에 턱 걸쳤다.

"처……천 원이면 공짜나 다름없어요. 공짜……"

파리패션이 천득의 어께에 걸쳐 있는 청바지를 얼른 걷어서 착착 접었다. 청바지의 부피는 꽤 컸다. 코트 한 벌이 들어갈 만한 봉지에 담아야 할 정도이다. 천득어미는 커다란 비닐봉지에, 두부와 꽁치, 사과 한 개를 모두 집어 넣었다. 그것을 천득의 손에 들게 하고 다시 걸었다.

드라마틱하다는 말이 있다. 한때는 사랑했지만 지금은 타인이 된 남녀가, 아무런 연고가 없는 강원도의 한적한 바닷가 펜션에서 만났을 때 드라마틱하다고 한다. 소설에서는 연고가 없는 펜션에서 만나려면 사전에 암시를 하거나, 펜션에 그들의 잊지 못할 추억이 있거나,

그곳에 갈 수밖에 없는 이유가 있어야 한다. 그래서 드라마에는 우연성이 존재하고 소설에는 필연성이 존재한다.

천득이도 "천 원"에 대한 필연성을 심어 주기 위해서 두 번째 삽화의 분식가게 호떡이 천 원이고, 청바지 한 장에 천 원을 주고 구입하게 된다.

지적장애인인 천득이도 반복 교육을 통해서 세상의 모든 물가는 천 원이라는 점을 알게 된다는 점을 암시한 부분이다.

나중에 40kg짜리 쌀 포대 열 부대를 날라 주고 천 원을 요구할 때 쌀집 주인은 놀라지만, 독자들은 당연하게 받아들일 수 있도록 장치를 해 두었다는 것이다. 드라마라면 앞의 사전 장치 없이 무작정 천 원씩이라고 요구를 해도 시청자들은 받아들인다. 드라마는 소설과 다르게 우연성으로 사건이 진행된다는 전제조건을 받아들여야 시청이 가능하기 때문이다.

Tip

④ 천득은 중앙상회에서 40kg짜리 찐쌀 20포대를 트럭에서 간단하게 하차해 주고 수고비로 천 원만 요구한다. 중앙상회 팽 회장이 미안한 기색으로 천 원을 내밀자, 천득어미는 난생 처음으로 천득이 돈을 벌었다는 사실에 감격의 눈물을 흘린다.

변동시장의 끝에 있는 중앙상회는 곡물을 파는 가게다. 김밥집이나 식당으로 들어가는 중국산 찐쌀부터 시작해서, 보리쌀은 물론이고, 갖가지 콩이며 팥, 좁쌀에 수수, 참깨와 들깨 등을 판다.

마침 천득이와 천득어미가 도착했을 때는 중국산 찐쌀을 적재한 1톤짜리 냉동탑차가 도착해 있을 때였다. 40킬로짜리 찐쌀 부대에는 아무런 표시가 없어서 내용물이 무엇인지는 주인만 알고 있었다. 분명한 것은 40킬로짜리 찐쌀 무게가 50대 후반의 쌀집주인 혼자 하차하기에는 무리가 있다는 것이다. 그래서 쌀집주인은 젊은 트럭운전사한테 어서 쌀을 내려 달라고 독촉을 하고 있었고, 트럭운전사는 하차비용은 운임에 포함이 되어 있지 않으므로 그냥은 내려 줄 수가 없다며 버티고 있는 중이다.

쌀집 주인과 트럭운전사는 거구의 사내와 도토리만한 노파가 이상한 걸음걸이로 가까이 다가오는 모습을 보고 팔짱을 끼고 있거나, 껌을 질겅질겅 씹다가 동시에 시선을 돌렸다.

"천득아, 앞으로 쌀은 이 집에서 사 와라. 알겄지?"

천득어미가 등산을 시작해서 마침내 정상에 도착했다는 얼굴로 말했다. 천득이는 말없이 히죽 웃으며 냉동탑차 안에 있는 찐쌀 부대를 바라봤다

"쥔 양반, 저기 뭔지 모르겄지만. 가게 안으로 옮겨야 할 것들인가유?"

천득어미가 지팡이로 찐쌀 부대를 가리키며 쌀집주인에게 물었다.

"그……그렇기는 한데."

쌀집주인이 천득의 기세에 눌려서 자신도 모르게 뒷걸음을 치며 고개를 끄덕거렸다.

"천득아, 이 가게는 앞으로 우리가 맨날 쌀을 사다 먹어야 할 곳잉

께. 니가 저 쌀부대들을 좀 옮겨 줘라."

천득어미가 지팡이로 찐쌀 부대를 찍어서 타원형을 그리며 가게 안을 찍었다.

쌀집주인은 너무 놀라서 벌린 입을 다물지 못하고 눈만 끔뻑끔뻑 거리면서 천득을 지켜봤다. 구경꾼들 틈에서 야! 역시! 굉장하네! 라는 탄성이 한꺼번에 터져 나왔다.

"어디다 갖다 두면 되는 거유?"

"이……이쪽으로."

쌀집주인은 천득어미가 지팡이로 옆구리를 찌르는 통에 깜짝 놀라며 뒷걸음을 치다 가게 문턱에 걸려 벌렁 나동그라졌다. 그래도 깔깔거리며 웃는 사람들이 없었다. 쌀집주인이 게처럼 옆으로 뿔뿔뿔 기어가서 찐쌀 부대를 놓아야 할 곳을 정해줬다.

냉동탑차 안에는 40킬로짜리 찐쌀 포대가 모두 20부대가 있었다. 그 밖에 콩이며, 팥과 땅콩이 각각 한 부대씩 있었다. 천득은 그것들을 거의 몇 분 만에 옮겼다.

"저……수고비를 얼마나 줘야?"

쌀집주인은 냉동탑차를 비우는 동안 도대체 하차비는 얼마를 주어야 하나 고민을 하고 있었다. 트럭운전사는 쌀집주인이 천득어미에게 하는 말을 듣고 나서야 천득이가 나타나지 않았다면 이만 원 정도는 우습게 벌 수 있었을 텐데 하는 아쉬움에 쓰게 웃었다.

"수고비는 뭘……한 동리 사는 사람들끼리."

천득어미가 살던 충청도 산골에서 이 정도 노동을 해 주고 나서는 수고비 같은 것은 애당초 기대하지도 않는다. 그건 땀 흘리며 일 거들어 주고 나서, 느닷없이 멱살 붙들고 싸우자며 달려드는 행위와 진배없다. 하지만 여기는 도시다. 천득어미는 그녀답지 않게 갈색얼굴을 홍조로 물들이며 고개를 외로 틀었다.

"처……천 원, 천 원짜리 한 장만, 줘."

천득이 뒷머리를 긁으며 부끄럽게 말했다.

"천 원만 달라는 말이십니까?"

쌀집주인이 자신의 귀를 의심하며 반문했다.

"잠깐만 일루 와 봐."

천득어미는 겉으로는 내색은 하지 않았지만 천득의 말에 깜짝 놀랐다. 천득의 손을 잡고 가게 구석으로 갔다.

"앉아 봐라."

천득어미의 말에 천득이 바닥에 쪼그려 앉았다. 비로소 천득어미와 키가 비슷했다. 그녀는 구경꾼들이 호기심에 찬 눈빛으로 바라보고 있다는 걸 알고 등을 돌리며 돌아섰다.

"너, 천 원짜리가 뭔지 알기는 아냐?"

천득은 도시로 이사를 나오기 전까지 직접 돈을 내 주고 물건을 사 본 적이 없었다. 천득어미는 이놈이 영 등신은 아니구먼, 이라고 생각하면서도 걱정스러운 얼굴로 속삭였다.

"응, 처……청바지."

"그게 아니고, 천 원짜리가 돈이라는 걸 아냐 이거여."

"드……등신이구먼, 어……어머는 그것도 몰라? 천 원짜리는 돈여, 돈! 청바지 살 때 샀잖아. 천 원 주고……."

"그려. 천 원짜리가 돈이라는 걸 알면 됐다. 하늘에 계신 느 아버지가 보살펴서 그런지, 내가 자식을 헛 키우지는 않았구먼."

천득어미는 천득의 대답에 감격을 했다. 고향을 떠나면 더 무시를 당하고 바보 취급을 받을 줄 알았다. 천득이가 이렇게 변해 버릴 줄 알았다면 진작 고향을 떠나지 못한 것이 안타깝고 한스러웠다. 쭈글쭈글한 눈매에 뜨거운 눈물 한 방울이 맺히는 것을 느끼며 돌아섰다.

"야는, 천 원만 줘도 돼유."

천득어미가 구부정한 허리를 간신히 일으켜 세우고 자랑스럽게 함죽 웃었다.

"그……그럽시다. 뭐."

쌀집주인은 천 원이면 공짜나 마찬가지라는 생각에 얼굴이 화끈거리는 것을 느끼면서도 얼른 천 원짜리 한 장을 내밀었다.

여기서 잠깐!

소설을 쓸 때 어떻게 쓰는가? 보통은 머릿속으로 사건의 전개 과정을 그려가면서 쓸 것이다. 글을 쓰다 자꾸 막히는 것은 상황의 전개가 이어지지 않기 때문이다. 영화 촬영을 하려면 콘티를 짠다. '콘티(continuity)'는 영화나 텔레비전 프로그램의 촬영을 위해 각본을 바탕으로 장면을 구분하여 배우의 동작이나 대사, 음향 등 필요한 모든 사항을 기록한 것이다.

요즘 웹툰이 영화화되거나 드라마로 방영되는 예가 많다. 감독들이 웹툰을 선호하는 이유는 소재나 스토리 면에서 좋은 것도 많지만 이미 콘티가 완성됐다는 점도 무시할 수 없다.

콘티를 보면 배우가 어떤 방향을 향해 서 있어야 하는지, 표정은 어떻게 짓고, 대화는 무슨 대화를 해야 하는지 자세하게 나와 있다. 소설을 쓸 때도 간단하게 메모 형식으로 콘티를 짜 놓으면 절대로 막힐 염려가 없다.

- 주인공이 커피를 마신다.
- 여자는 창문 밖을 바라보고 있다.
- 실내에는 '겨울 나그네'가 흐르고 있다.
- 주인공이 말없이 일어나서 계산대 앞으로 간다.

스토리가 이어지지 않을 때 위처럼 간단하게 메모를 해 놓는다. 그 후, 커피를 마시는 모습을 서술하고, 창문 밖을 바라보고 있는 여자의 모습을 서술하는 식으로 스토리를 진행시킨다.

3. 삽화 이어 붙이기

지금까지 1번 꼭지를 바탕으로 하여 4개의 삽화를 만들었다. 삽화는 각각의 짧은 스토리로 되어 있다. 이것을 이어 붙이면 비로소 한 꼭지가 완성된다. 이어 붙이는 방법은 삽화와 삽화가 이어질 수 있는 상황을 서술해 주면 된다.

①

그만한 크기의 가게들이 늘어서 있는 시장통에 노을이 지고 있었다. 아침부터 비린내를 풍기고 있는 원조 순댓국집 안에는 선풍기가 돌아가고 있었지만 더웠다.

"비 온다는 말 못 들어 봤지……"

늙은 채소장사 남편이 혼잣말로 중얼거리며 순댓국집 안으로 들어왔다.

"비 온다는 말은 못 들어 봤지만, 오늘이 오십년 만에 젤 덥다는 뉴스는 들었슈."

능숙하게 족발의 살을 발라내고 있던 순댓국집 여자가 목소리만 들어도 누군지 알겠다는 목소리로 대꾸했다.

"비가 오면 와서 걱정, 안 오면 안 와서 걱정……"

채소장사 남편도 드럼통처럼 펑퍼짐한 몸에 짤막한 키의 순댓국집 여자를 바라보지 않았다. 냉장고 문을 열고 반 병짜리 소주병을 꺼내들고 술청 앞에 섰다.

순댓국집 여자는 삶은 돼지머리 고기를 큼직하게 잘랐다. 그것을 다시 잘게 세 조각으로 잘라서 손바닥만 한 접시에 얹어 도마 앞에 내밀고 채소장사 남편을 바라본다. 채소장사 남편은 소주가 절반 정도 담긴 맥주컵을 엄지와 집게손가락만 이용해서 들었다.

"그 술값은 계산 안 한 거요."

순댓국집 여자는 살을 발라낸 족발 뼈를 일회용 용기에 담으며 채소장사 남편을 바라본다. 엉덩이를 덮은 흰색 반소매 와이셔츠 밑으로 칠 부 바지를 입었다. 황새다리처럼 야윈 다리의 장딴지는 칠십대 노인이라고 믿어지지 않을 만큼 힘줄이 툭툭 불거져 나왔다.

"이따 와서 계산할 걸세."

채소장사 남편은 술청 앞으로 가서 남은 돼지머리고기 두어 점을 손으로 집어 한꺼번에 소금을 묻혀 먹었다.

바람이 불 때마다 뜨거운 기운이 얼굴을 훅훅 덮는 변동시장 안은 찜통이 따로 없었다. 난전의 상인들은 천막 밑에서 팥죽 같은 땀을 흘리며 물건을 파느라 바쁘다.

첨 보는 할망군데?

채소장사 남편은 시장 초입 쪽으로 무심코 시선을 돌렸다. 지팡이를 짚은 쪼글쪼글한 노파와 구척장신의 사내가 붉은 노을을 등으로 받으며 걸어오고 있었다. 순댓국집 문설주를 잡으며 쪼그랑 노파를 바라봤다.

키가 백오십 센티 정도도 안 되어 보이는 쪼그랑망태 노파는 반질반질 윤이 나는 딱총나무 지팡이를 들고 있었다. 파란색 고무 슬리퍼를 신은 그녀 뒤에는 키가 2미터가 넘어 보이는 구척장신의 우람한 사내가 두 팔을 길게 늘어트리고 구부정한 자세로 따라오고 있었다.

순댓국집 여자는 양손을 허리에 얹은 채소장사 남편이 무엇엔가 홀린 것 같은 표정으로 서 있는 옆모습을 보고 손수건을 접었다. 턱 밑으로 뚝뚝 떨어지는 땀을 닦으며 문 밖으로 상체를 내 밀었다.

"대단하구먼."

노을을 등지고 쪼그랑망태 노파의 모습은 보이지 않고 엄청나게 큰 남자가 천천히 걸어오고 있는 모습이 보였다. 자신도 모르게 마른침을 꼴깍 삼키며 밖으로 나갔다.

명태처럼 삐쩍 마른 청산상회 남편과, 드럼통처럼 짤막한 키에 우람하게 살이 찐 순댓국집 여자가 쪼그랑망태 노파 앞을 가로막았다.

노파와 동행하고 있는 사내는 멀리 시장 끝에서 발뒤꿈치를 들지 않아도 한눈에 띌 만큼 키가 컸다.

채소장사 남편은 쪼그랑노파와 시선이 마주치는 순간 자신도 모르게 순댓국집 여자를 바라봤다. 반쯤은 정신이 나간 얼굴로 사내를 바라보고 있던 순댓국집 여자는 채소장사 남편이 살찐 옆구리를 쿡 찌르는 감촉에 고개를 돌렸다.

순댓국집 여자와 채소장사 남편이 순댓국집 안으로 토끼처럼 냉큼 뛰어 들어간 후에야 쪼그랑노파는 아무런 일도 없었다는 얼굴로 걸음을 옮기기 시작했다.

사내는 어깨를 약간 숙인 자세로 허리를 움츠린 채, 관절염에라도 걸린 것처럼 무릎을 완전히 펴지를 않았다. 로봇처럼 무릎을 약간 구부린 각도를 유지하며 발바닥은 땅을 슬쩍슬쩍 스치는 것처럼 걸었다.

구경꾼들의 입이 딱 벌어질 정도로 큰 발에는 샌들을 신었다. 샌들은 시장 안의 신발가게나 구두점에서 파는 것이 아니다. 타이어 고무 같은 재질을 발 크기로 오려서 바닥을 만들고 적당한 굵기의 밧줄로 발걸이만 대충 만든 것으로 조잡하기 이를 데 없었다.

삽시간에 모여 든 수십 명의 구경꾼들은 그 기묘한 커플이 어디에서 갑자기 나타났는지를 두고 설왕설래를 하기 시작했다.

구경꾼들의 시선을 사로잡는 쪽은 허리를 구부린 키가 사내의 허리춤밖에 닿지 않는 노파가 아니다. 그렇다고 노파가 서너 걸음을 걸을 때 한 걸음으로 성큼 따라 붙는 구척장신도 아니다. 그 두 명을 나누어서 개별적으로 보지 않고 한 컷의 사진처럼 바라봤다.

삽시간에 구경꾼들을 수십 명이나 모은 쪼그랑노파의 이름은 박분녀(朴糞女)다. 그녀가 살던 지방의 산골 동네에서는 천득어미라고 불렀다. 그녀를 따르고 있는 아들의 이름은 호적상 황천덕이지만 이사 오기 전의 지방 사투리로는 천득이라고 불렀던 까닭이다.

②

천득어미는 자신들을 에워싸고 있는 수십 명의 구경꾼 때문에 기죽지 않았다. 충청도 산골에 살 때도 천득이를 데리고 읍내에 나가면 십여 명의 사람들이 금방 모여들기 일쑤다. 도시는 읍내보다 훨씬 많은 사람들이 살기 때문에 더 많은 구경꾼들이 모여드는 것은 당연하다고 생각했다.

"천득아 호떡 사 줄까?"

천득어미가 호떡이며 도넛 꽈배기 등을 팔고 있는 분식센터 앞에서 멈췄다. 천득어미는 천득의 얼굴을 바라보려면 서너 걸음 뒤로 물러서야 될 정도로 키가 작고 왜소했다. 하지만 목소리는 걸음마를 시작한 어린 아들의 손을 잡고 시장에 함께 나온 어머니처럼 정겹고 부드러웠다.

천득은 히죽 웃는 얼굴로 입을 꾹 다문 채 고개만 끄덕거렸다. 호기심이 번들거리는 눈빛으로 천득을 바라보고 있던 수십 명의 사람들은 사내가 벙어리인지도 모른다고 생각했다.

사십 대의 분식센터 여자는 천득의 엄청난 덩치에 가슴이 덜덜 떨렸다. 연신 마른침을 삼키며 바쁘게 호떡을 구워냈다. 원래 두 개에 천 원씩 팔지만 천득의 덩치에 놀라서 엉겁결에 세 개가 담긴 접시를 내밀었다.

천득어미는 분식센터 여자에게 호떡 세 개를 한꺼번에 종이에 싸달라고 말했다. 분식센터 여자가 덜덜 떨리는 손으로 호떡을 신문지에 싸서 내밀었다.

천득어미는 유난히 붉은 혀를 고양이처럼 날름거리며 갈색 입술을 핥았다. 돈을 꺼내려고 사람들이 쳐다보든 말든 치마를 걷어 올렸다.

구경꾼들의 눈에 그녀가 새빨간 반바지를 입었든, 비키니 팬티를 입었는지는 관심이 없었다. 서산에 해가 걸려 있기는 하지만 벌건 대낮에 치마를 걷어 올려도 눈을 가리거나 뒷걸음치지도 않았다. 천득어미는 여인으로 보이지 않고 늙어빠진 노파로 보일 뿐이었다.

천득어미는 빨간 반바지 주머니에서 뚤뚤 말은 지폐 뭉치를 꺼냈다. 만 원짜리 서너 장에 오천 원짜리가 섞여 있는 지폐에서 천 원짜리 한 장을 꺼내어 분식센터 여자 앞으로 내밀었다. 분식센터 여자는 황송하다는 표정을 지으며 굽실거리며 두 손으로 돈을 받았다.

분식센터 앞에서 한꺼번에 호떡 세 개를 먹고 있는 거인의 모습은 멀리서도 보였다. 더 많은 사람들이 금방 벌떼처럼 모여들어서 순식간에 백여 명이 천득 모자를 반타원형으로 에워쌌다.

"야가, 우리 천득이유. 참 잘생겼쥬? 나는, 야 어머유. 내가 살던 우리 동리 사람들은 날 보고 천득어미라고 불렀슈. 우리 천득이가 쫌 정신이 모질라기는 하지만 아는 참 착해유. 나이가 서른 살인데 이 날 이때까지 남한테 해코지 하는 거 단 한 번도 못 봤슈."

천득어미가 갑자기 쥐눈처럼 작은 눈을 반짝이며 구경꾼들을 향해 돌아섰다. 양손으로 잡은 지팡이를 턱 버티고 섰다. 구경꾼들은 누가 시키지 않았는데도 모두가 흠칫 놀라며 뒤로 한두 걸음 정도 물러섰다.

"천득이!"

"아까도 이름을 불렀잖아. 천득아 호떡 사줄까? 라고 말여."

"이름이 희한하구먼."

원래 자식은 어머니만 닮으라는 법은 없다. 천득어미의 남편이 장대하면 얼마든지 가능하다고 생각하며 사람들이 끼리끼리 소곤소곤거렸다.

뜨거운 호떡 세 개를 한꺼번에 베어 먹느라, 두꺼운 입술을 좌우로 바쁘게 비틀고 있는 천득의 목은 통나무처럼 굵고 짧았다. 눈을 가만히 바라보고 있으면 천득어미의 말대로 착하기는 하지만 평생 모자란 놈이란 말을 들으며 살 것처럼 보였다.

"큼! 그런데 어디서 왔습니까?"

시장 안에서 잉꼬 떡집을 하는 김병수가 용기를 내서 잔기침을 하며 물었다.

"지방에 살다가 어제 이사 왔슈. 저기에 있는 태평면옥 이층집으로……"

천득어미가 지팡이로 시장에서 유일한 이층 건물인 태평면옥을 지팡이로 가리켰다.

구경꾼들은 자신도 모르게 일제히 지팡이 끝을 따라서 태평면옥 쪽으로 시선을 돌렸다. 태평면옥은 이름처럼 냉면을 파는 식당이 아니고 중국음식점이다. 시장 사람들은 태평면옥이 있는 빨간색 2층 벽돌집을 병원집이라고 불렀다.

지금도 붉은 벽돌 벽에 박혀 있는 대리석판에 '평화의원' 이라는 글씨가 남아 있을 정도로, 변동시장이 북적북적거릴 때는 병원건물이었다. 변동시장의 쇠퇴와 함께 원장은 큰길 편의점 앞에 2층 건물을 지어 이사를 갔다. 그냥 건물만 옮긴 것이 아니다. 시장에서 번 돈으로 진료과목을 정형외과, 내과, 비뇨기과로 확대를 했다. 돈을 벌어 준 병원집은 팔리지가 않아서 아래층은 중국음식점에 세를 놓았다. 이층에 있는 입원실들은 원룸으로 개조를 해서 사글세를 놓았다.

철둑을 등지고 있는 사글셋방은 귀신이 나올 것처럼 어둡고 낡은 데다, 기차 소음 때문에 사람 살 곳이 못 된다는 소문이 도는 곳이다. 상인들 중에는 철로를 등지고 있는 병원집 이층을 드나드는 사람들이 많았다. 선화보살이라는 무당이 이층에 살고 있는 까닭에 점을 보기 위해서이다. 그래서 이층에는 선화보살 이외도 태평면옥의 아이들, 한 달 전에만 해도 방글라데시인들과 네팔인들이 합숙을 하고 있었는데, 일제 단속에 걸려서 강제 출국 당한 후에 지금도 그 방은 비어 있을 것이라는 점도 알고 있었다.

"이사를 왔으모 팥죽을 돌리든지 떡을 돌려야 되는 거 아이가?"

상인들은 그들이 병원집에 산다는 말을 듣고 나니까 조금은 만만해 보이기 시작했다. 옆구리에 검은색 비닐봉지 십여 매를 매달고 있는 청산상회 노파가 남편 옆에 서 있다가 입술을 삐죽거렸다.

“벼룩의 간을 빼먹지. 부조는 못할 망정 어디 팥죽 얻어먹을 데가 없어서 그 집으로 이사 온 사람한테……”

“그냥 해 본 말이다, 안 하나.”

천득어미는 구경꾼들이 빈정거리는 말을 무시해 버리고 걷기 시작했다. 그녀가 지팡이를 앞세워 바가지만한 엉덩이를 좌로 우로 흔들며 깨그작 깨그작 걸어가면, 천득은 아이처럼 연신 좌우를 두리번거리며 로봇 같은 자세로 저벅저벅 뒤를 따랐다. 구경꾼들은 궁금증이 완전히 풀리지 않아서 호기심이 얼굴에 번들거리는 표정으로 우르르 뒤를 따랐다.

③

천득어미가 덩치만 컸지 영락없는 바보처럼 보이는 자식을 온 시장에 자랑하고 다니는 그 저의가 무엇인지가 구경꾼들의 일관된 궁금증이다.

“천득아! 엄마가 두부 사 오라고 하면, 꼭 이 집에서 사 와야 한다. 알겄지?”

천득어미가 채소며 콩나물, 두부 등을 파는 부식가게 앞에서 걸음을 멈췄다.

“두……두부! 나도 알고 있어. 두부.”

천득이 노란 플라스틱상자에 담겨 있는 두부를 손가락질하며 자랑스럽게 대답했다.

구경꾼들은 일제히 고개를 끄덕이며 천득이 벙어리가 아니라는 사실을 두 귀로 확실하게 확인했다.

"그려, 엄마가 두부를 사오니라. 하고 심부름을 시키면, 저기 있는 호떡 파는 가게 앞에서 이짝으로 쭉 걸어와서 여기 설랑 두부를 사란 말여. 아줌마, 야가 우리 아들 천득이유. 앞으로 콩나물하고 두부는 이 집에서 대 놓고 먹을 모양잉께, 좀 싸게 줘유."

천득어미는 달랑 천 원짜리 두부 한 모를 사면서, 막노동판 십장이 앞으로 인부들이 먹게 될 식당을 정하는 얼굴로 당당하게 말했다.

"아! 예, 예, 그러면요. 당연히 싸게 줘야죠."

부식가게 여자는 구척장신 천득을 두려운 표정으로 바라보고 있었다. 천득어미 말에 깜짝 놀란 얼굴로 자신도 모르게 굽실거렸다.

천득어미는 두부 한 모가 들어 있는 검은색 비닐봉지를 천득이 들게 한 후에 또 걸었다. 구경꾼들은 눈덩이처럼 불어났다. 구경꾼들 중에 저녁 찬거리를 사러 나온 주부들보다는 장사를 하는 상인들이 많았다.

생선가게 남자는 진작부터 백여 명의 무리를 이끌고 오는 천득어미와 천득이를 멀리서부터 목마른 눈빛으로 바라보고 있는 중이었다.

생선가게 앞 가판대 위에는 꽁치며, 고등어, 오징어, 갈치 등이 오천 원, 삼천 원 더미로 플라스틱 바구니에 담겨 있었다. 천득어미는 달랑 꽁치 한 마리를 손가락으로 들어 보였다.

"천득아, 엄마가 생선 사오라고 하면 꼭 여기 와서 사야 한다. 알겄지?"

천득어미가 천득을 올려다보며 꽁치를 흔들어 보였다.

"천득 씨?"

오십 대의 생선가게 주인이 천득이의 위아래를 더듬어 보며 조심스럽게 가게 밖으로 나왔다.

"천득이여. 천득이. 내……이름 황천득."

천득이 뒷짐을 진 채 턱 버티고 제법 덩치가 단단해 보이는 생산가게 주인을 바라보며 히죽 웃었다.

"아……천득 씨?"

"내참! 처……천득 씨가 아니고 그냥 천득이란 말여. 천득이."

"잘 알아들었습니다. 천득 씨."

생선가게 주인은 천득이 좀 모자란다는 정보를 입수하지 못했다. 천득이 코웃음을 치자 주눅 들어서 애매하게 웃으며 괜히 손바닥을 슥슥 비볐다.

"드……등신이구먼 천득 씨가 아니고. 천득이란 말여."

"아!……네……처……천득 씨."

천득이 한심하다는 표정으로 하는 말에 생선가게 주인이

쩔쩔매는 모습을 보고 구경꾼들이 와르르 웃어 재꼈다. 생선가게 남자는 얼굴이 시뻘겋게 달아올랐지만 천득의 엄청난 덩치에 짓눌려서 뒷걸음치며 더듬거렸다.

“어……엄마, 저 아저씨 참말로 드……등신이구먼.”

“야는 그냥 천득이라고 부르면 돼유. 그라고 나는 야 엄마 되는 천득어미유.”

천득어미가 얇고 작은 갈색의 입술을 들먹거리면서 자랑스럽게 말했다.

“아! 천득이.”

천득어미 말이 끝나자마자 생선가게 남자뿐만 아니라 웃음을 멈춘 구경꾼들까지 아이나 어른할 것 없이 약속이나 한 것처럼 일제히 ‘천득이’라고 읊조렸다.

천득어미는 검은색비닐봉지에 담긴 꽁치 한 마리도 천득의 손에 들려 준 후에 다시 걷기 시작했다. 구경꾼들은 행여 천득이 이름을 잊어버리기라도 할 것처럼 천득이, 천득이, 천득이라고 중얼거리면서 다시 따라가기 시작했다.

천득의 정체를 알아 버린 구경꾼들의 숫자는 더 이상 늘지는 않았다. 오히려 눈에 보이도록 많은 숫자들이 옆으로 새거나 뒤돌아 갔다. 과일난전에서 사과를 딱 한 개만 사는 광경을 지켜보고 나서는 더 많은 사람들이 뒤로 처졌다.

천득어미가 멈춘 곳은 슬레이트 지붕에 세워 놓은 간판과, 유리창에 ‘파리패션’이라고 써져 있었다. 파리패션은 그럴

듯한 상호와 다르게 구제옷을 취급하는 곳이다. 세탁소처럼 처마 밑에 쭉 걸어 놓은, 청바지며, 원피스, 코트, 가죽잠바, 티셔츠, 이상야릇한 디자인의 재킷에는 3천원에서 5천원의 가격표가 붙어 있었다.

40대 초반의 파리패션 여자는 의자에 앉아서 선풍기 바람을 맞으며 낮잠을 자고 있다가 천득어미가 들어오는 인기척에 잠침을 닦으며 고개를 돌렸다.

"야가, 입을 만한 바지가 있는지 모르겄구먼."

천득은 옷 같은 것하고는 관심이 없다는 얼굴로 가게 안에서 움직이지 않았다. 천득어미가 천천히 걸어 다니면서 벽에 걸려 있는 옷들을 들척였다.

"저……저분이 입으실 옷 말씀이신가요?"

파리패션이 엄청난 덩치의 천득을 바라보며 귓속말로 물었다.

"그려, 우리 천득이."

"지난번에 잘못 들어 온 바지가 한 벌 있기는 한데……"

가게 안에 걸려 있는 옷은 모두 외국인들이 입던 옷이라서 비교적 사이즈가 크거나, 디자인이 이국적인 것들이다. 파리패션은 괜히 가슴이 벌렁벌렁 떨렸다. 가슴라인이 깊게 파인 티셔츠를 입은 것도 아닌데, 왼손바닥으로 가슴라인 부분을 누르고 구석에서 청바지 한 장을 꺼내서 내밀었다.

"오늘 재수가 엄청 좋구먼. 이기 얼마예요?"

파리패션이 내민 청바지는 미국의 덩치 큰 프로레슬러들이 입었음직한 빅사이즈의 청바지다. 낡기는 했지만 이삼 년은 충분히 입을 수 있을 만했다. 천득어미는 합죽합죽 웃으며 청바지를 양손으로 번쩍 치켜들고 천득이 하체에 맞춰본다. 그런대로 기장이 맞을 것 같다는 생각에 파리패션 쪽으로 고개를 돌리고 합죽 웃었다.

"원래는 삼천 원을 받아야 하는데 처……천 원만 주세요."

파리패션은 가게 앞을 꽉 메운 구경꾼들 때문에 진땀이 났다. 가게에 있는 옷들은 모두 구제품이라서 저울로 달아서 구입해 온 것들이다.

"오늘 땡 잡았구먼. 천득아, 청바지는 반드시 요기서 사야 하능겨. 알겄지?"

"처……천 원?"

천득이 신기한 얼굴로 청바지를 자신의 하체에 맞춰보며 물었다.

"그려, 이 돈 한 장 주고 산 거여."

천득어미가 천 원짜리 한 장을 천득이 눈앞에 흔들어 보였다.

"조……좋아, 아주 좋아!"

천득이는 구제품은 물론이고 고향에 살 때 읍내 자동차 정비업체에서 걸레로 쓰던 청바지도 입어 본 적이 없었다. 히죽히죽 웃는 얼굴로 청바지를 어깨에 턱 걸쳤다.

"처……천 원이면 공짜나 다름없어요. 공짜……"

파리패션이 천득의 어깨에 걸쳐 있는 청바지를 얼른 걷어서 착착 접었다. 청바지의 부피는 꽤 컸다. 코트 한 벌이 들어갈 만한 봉지에 담아야 할 정도이다. 천득어미는 커다란 비닐봉지에, 두부와 꽁치, 사과 한 개를 모두 집어 넣었다. 그것을 천득의 손에 들게 하고 다시 걸었다.

④

(첨언하지 않아도 자연스럽게 연결이 되는 부분)

변동시장의 끝에 있는 중앙상회는 곡물을 파는 가게다. 김밥집이나 식당으로 들어가는 중국산 찐쌀부터 시작해서, 보리쌀은 물론이고, 갖가지 콩이며 팥, 좁쌀에 수수, 참깨와 들깨 등을 판다.

마침 천득이와 천득어미가 도착했을 때는 중국산 찐쌀을 적재한 1톤짜리 냉동탑차가 도착해 있을 때였다. 40킬로짜리 찐쌀 부대에는 아무런 표시가 없어서 내용물이 무엇인지는 주인만 알고 있었다. 분명한 것은 40킬로짜리 찐쌀 무게가 50대 후반의 쌀집주인 혼자 하차하기에는 무리가 있다는 것이다. 그래서 쌀집주인은 젊은 트럭운전사한테 어서 쌀을 내려 달라고 독촉을 하고 있었고, 트럭운전사는 하차 비용은 운임에 포함이 되어 있지 않으므로 그냥은 내려 줄 수가 없다며 버티고 있는 중이다.

쌀집 주인과 트럭운전사는 거구의 사내와 도토리만한 노파가 이상한 걸음걸이로 가까이 다가오는 모습을 보고 팔짱을 끼고 있거나, 껌을 질겅질겅 씹다가 동시에 시선을 돌렸다.

"천득아, 앞으로 쌀은 이 집에서 사 와라. 알겄지?"

천득어미가 등산을 시작해서 마침내 정상에 도착했다는 얼굴로 말했다. 천득이는 말없이 히죽 웃으며 냉동탑차 안에 있는 찐쌀 부대를 바라봤다

"쥔 양반, 저기 뭔지 모르겄지만. 가게 안으로 옮겨야 할 것 들인가유?"

천득어미가 지팡이로 찐쌀 부대를 가리키며 쌀집주인에게 물었다.

"그……그렇기는 한데."

쌀집주인이 천득의 기세에 눌려서 자신도 모르게 뒷걸음을 치며 고개를 끄덕거렸다.

"천득아, 이 가게는 앞으로 우리가 맨날 쌀을 사다 먹어야 할 곳잉께. 니가 저 쌀부대들을 좀 옮겨 줘라."

천득어미가 지팡이로 찐쌀 부대를 찍어서 타원형을 그리며 가게 안을 찍었다.

쌀집주인은 너무 놀라서 벌린 입을 다물지 못하고 눈만 끔뻑끔뻑거리면서 천득을 지켜봤다. 구경꾼들 틈에서 야! 역시! 굉장하네! 라는 탄성이 한꺼번에 터져 나왔다.

"어디다 갔다 두면 되는 거유?"

"이……이쪽으로."

쌀집주인은 천득어미가 지팡이로 옆구리를 찌르는 통에 깜짝 놀라며 뒷걸음을 치다 가게 문턱에 걸려 벌렁 나동그라졌다. 그래도 깔깔거리며 웃는 사람들이 없었다. 쌀집주인이 게처럼 옆으로 뿔뿔뿔 기어가서 찐쌀 부대를 놓아야 할 곳을 정해줬다.

냉동탑차 안에는 40킬로짜리 찐쌀 포대가 모두 20부대가 있었다. 그밖에 콩이며, 팥과 땅콩이 각각 한 부대씩 있었다. 천득은 그것들을 거의 몇 분 만에 옮겼다.

"저……수고비를 얼마나 줘야?"

쌀집주인은 냉동탑차를 비우는 동안 도대체 하차비는 얼마를 주어야 하나 고민을 하고 있었다. 트럭운전사는 쌀집주인이 천득어미에게 하는 말을 듣고 나서야 천득이가 나타나지 않았다면 이만 원 정도는 우습게 벌 수 있었을 텐데 하는 아쉬움에 쓰게 웃었다.

"수고비는 뭘……한 동리 사는 사람들끼리."

천득어미가 살던 충청도 산골에서 이 정도 노동을 해 주고 나서는 수고비 같은 것은 애당초 기대하지도 않는다. 그건 땀 흘리며 일 거들어 주고 나서, 느닷없이 멱살 붙들고 싸우자며 달려드는 행위와 진배없다. 하지만 여기는 도시다. 천득어미는 그녀답지 않게 갈색얼굴을 홍조로 물들이며 고개를 외로 틀었다.

"처……천 원, 천 원짜리 한 장만, 줘."

천득이 뒷머리를 긁으며 부끄럽게 말했다.

"천 원만 달라는 말이십니까?"

쌀집주인이 자신의 귀를 의심하며 반문했다.

"잠깐만 일루 와 봐."

천득어미는 겉으로는 내색은 하지 않았지만 천득의 말에 깜짝 놀랐다. 천득의 손을 잡고 가게 구석으로 갔다.

"앉아 봐라."

천득어미의 말에 천득이 바닥에 쪼그려 앉았다. 비로소 천득이미와 키가 비슷했다. 그녀는 구경꾼들이 호기심에 찬 눈빛으로 바라보고 있다는 걸 알고 등을 돌리며 돌아섰다.

"너, 천 원짜리가 뭔지 알기는 아냐?"

천득은 도시로 이사를 나오기 전까지 직접 돈을 내 주고 물건을 사 본 적이 없었다. 천득어미는 이놈이 영 등신은 아니구먼, 이라고 생각하면서도 걱정스러운 얼굴로 속삭였다.

"응, 처……청바지."

"그게 아니고, 천 원짜리가 돈이라는 걸 아냐 이거여."

"드……등신이구먼, 어……어머는 그것도 몰라? 천 원짜리는 돈여, 돈! 청바지 살 때 샀잖아. 천 원 주고……."

"그려. 천 원짜리가 돈이라는 걸 알면 됐다. 하늘에 계신느 아버지가 보살펴서 그런지, 내가 자식을 헛 키우지는 않았구먼."

천득어미는 천득의 대답에 감격을 했다. 고향을 떠나면 더 무시를 당하고 바보 취급을 받을 줄 알았다. 천득이가 이렇게 변해 버릴 줄 알았다면 진작 고향을 떠나지 못한 것이 안타깝고 한스러웠다. 쭈글쭈글한 눈매에 뜨거운 눈물 한 방울이 맺히는 것을 느끼며 돌아섰다.

"야는, 천 원만 줘도 돼유."

천득어미가 구부정한 허리를 간신히 일으켜 세우고 자랑스럽게 합죽 웃었다.

"그……그럽시다. 뭐."

쌀집주인은 천 원이면 공짜나 마찬가지라는 생각에 얼굴이 화끈거리는 것을 느끼면서도 얼른 천 원짜리 한 장을 내밀었다.

위 내용 중에 푸른 글씨로 처리한 부분이 삽화와 삽화를 연결하는 고리 역할을 한 내용이다. 일반적인 소설 작법에서는 찾아 볼 수 있는 '소설쓰기'가 되겠지만 효율성은 훨씬 크다.

4. 꼭지 이어 붙이기

다시 언급을 하지만 이 책에서는 일반적인 소설작법에서 제시하는 방법을 거부한다. 일반적인 소설작법에서는 꼭지라는 단어조차 언급하지 않는다. 시점과 사건을 만들어 놓고 시작부터 끝까지 이어서 쓰는 방식을 취하고 있다. 단편은 예외로 치더라도 원고지 1천 매 이상을 써야 하는 장편은 일반적인 소설작법으로 쓰기는 어렵다.

처음 장편을 쓰는 경우는 시작도 하기 전에 중압감에 밀려서 포기한다. 아무리 소재가 훌륭하더라도 1천 매를 쓰는 것은 나침반 없이 밀림에서 탈출하기와 같지만 고정관념을 버리면 쉽게 쓸 수가 있다.

여기서는 소재→줄거리→삽화→꼭지 만들기→꼭지 이어 붙이기 순서로 진행이 된다. 등장인물의 캐릭터와 배경, 묘사 등은 다음 순서에서 기다리고 있다. 이 장에서는 당신이 써 놓은 꼭지를 이어서 한 편의 소설로 만드는 장이다. 꼭지를 이어 붙일 때는,

① 스토리를 염두에 두고 이어 붙인다.
② 기승전결을 살린다.
③ 스토리의 톤을 유지한다.

위 세 가지를 염두에 두고 결말을 향해 달려가는 스토리로 이어져야 한다. 기승전결을 살려야 하는 것은 당연하다. 장편소설 『천

득이』는 블랙코미디물이다.

영화 장르의 하나인 코미디는 관객에게 웃음과 환희를 주며 결국 행복하게 결말짓는 영화 장르다. 영화에서 웃음을 유발시하기 위해서는 매우 다양한 작업이 필요하다. 장편소설 『천득이』의 톤은 블랙코미디이다. 블랙코미디는 아이러니한 상황이나 사건을 통해 웃음을 유발하는 코미디의 하위 장르다. 냉소적이며 음울하고 때로는 공포스러운 유머 감각에 기초하고 있다.

『천득이』에서는 천득이와 천득어미의 대칭되는 인물묘사에서부터, 천득이의 가공할 만한 힘, 천득이 때문에 쩔쩔매고 고민하는 상인들, 천득이를 따르는 아낙네들의 호기심, 천득이와 교합하고 나면 무조건 사흘씩 일어나지 못하는 여인네들의 고통 등이 블랙코미디적 요소이다.

작품의 분위기가 일치하지 않으면 독자에게 혼란을 주는 것은 물론이고, 전체적으로 산만하다는 느낌을 주게 된다.

여기서 잠깐!

소설에서 분위기는 매우 중요하다. 도시적인 분위기는 도시적인 냄새가 나는 문체로 그려야 하며, 평화스러운 농촌 풍경은 전원적인 분위기를 물씬 풍기는 문체로 그려야 한다.

분위기는 작가가 제시하는 경험의 양상들에 대한 특정적인 인상을 구축하기 위해 주로 문체를 조작한다. 냉소적 분위기는 냉소적 문체에 의해, 따뜻하거나 유머러스한 분위기는 따뜻한 문체와 해학적인 문체에 의해 환기된다.*

소설의 분위기를 톤이라고도 한다. 톤은 언어와 배경을 어떤 방향으로 이끌어 나갈지를 결정하는 데 중요한 역할을 한다. 『천득이』에서도 시장 안의 시끄럽고 분답한 분위기를 표현하기 위해 도시적 말투보다는 충청도 사투리가 섞여 있는 것이 할인이 되지 않는 백화점이나 마트와 대비되고 있다.

지금까지 완성된 원고 분량이 약 700매 정도가 될 것이다. 혹은 1천 매가 넘을 수도 있다. 소설의 완성도를 떠나서 최소한 '소설'이라는 형식으로 쓴 원고이다.

* 한용환, 『소설학 사전』, 문예출판사, 2001, p.197.

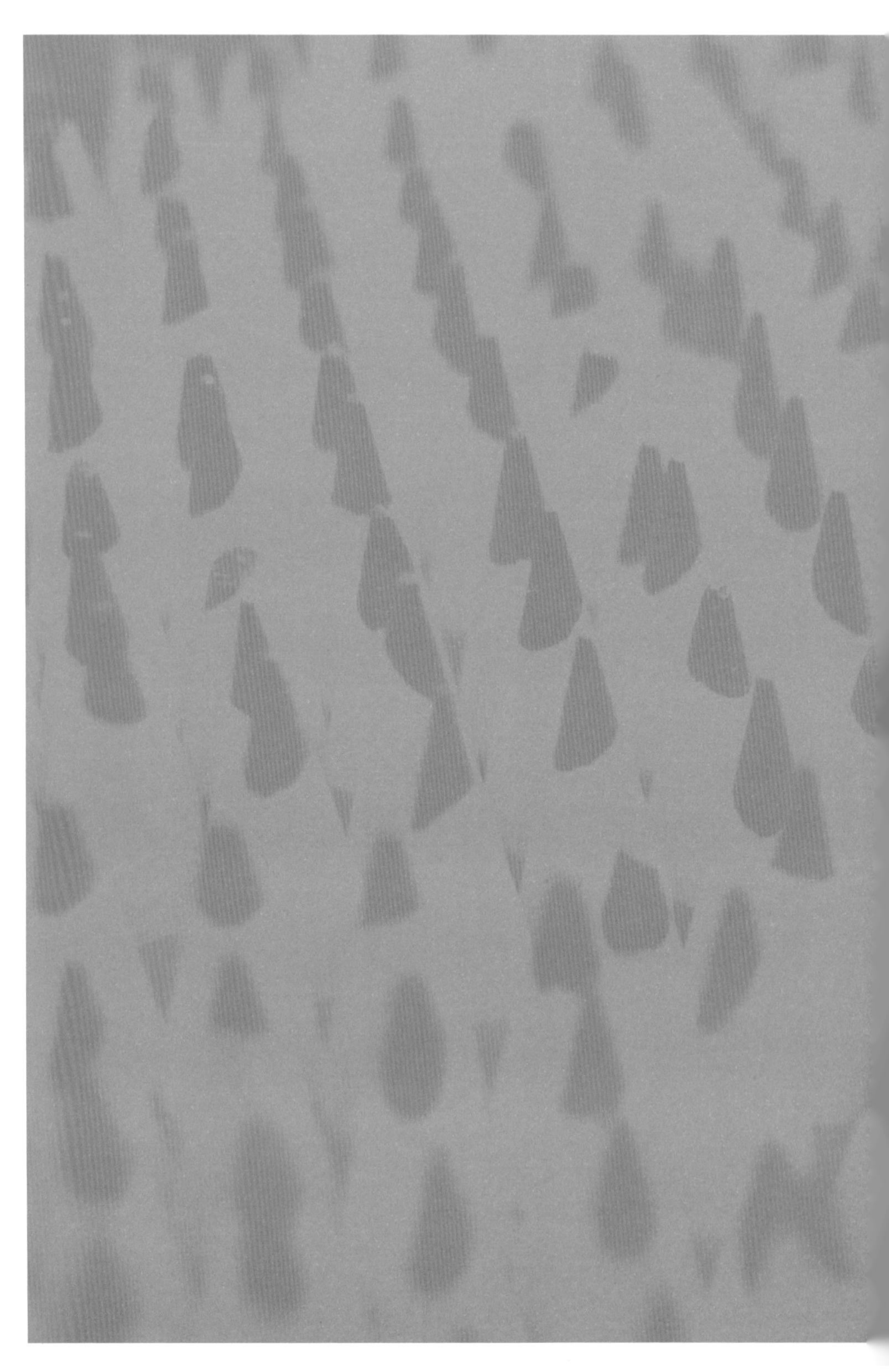

PART 3

장편소설 쓰기

6개월이면 장편소설을 완성할 수 있다!
Dear Sir,

5단계: 원고 수정하기

1. 원본은 따로 보관해야 한다

자! 당신이 처음 소설을 쓰기 시작했다면 이 단계까지 최소한 700매의 원고를 썼을 것이다. 어느 정도 필력이 있다면 1천 매 이상도 충분히 썼을 것이다.

건물로 치자면 지붕을 올리고 벽을 세웠다. 방문도 달았고 보일러며 수도까지 연결한 과정이다.

지금부터는 마음에 드는 벽지부터 바른다. 가구 배치도 하고 거실이며 안방에 액자도 두어 점 걸어 두면 운치가 있을 것이다. 베란다에는 작은 정원을 만들고 커튼도 달았다. 들어가 살기만 하면 될 정도의 작업을 하는 일이 남았다.

그러기 위해서 먼저 현재 파일 이름과 다른 파일 이름으로 복사본을 만들어야 한다. 예를 들어서 현재 파일 이름을

- "천득이"라고 했다면 복사분의 파일 이름은
- "천득이A"쯤으로 해 두자.

원고를 수정하는 파일은 "천득이A"가 될 것이다.

왜 파일 복사본으로 수정을 해야 하는가를 말하자면 만약을 위해서이다. 수정을 하다 보면 처음의 의도와 다른 길을 선택할 수도 있다. 주제를 집어넣고 묘사를 하다 보면 과감하게 칼질을 해야 할 부분도 생긴다.

칼질을 하다가 삭제해서는 안 될 부분을 날려 버리는 경우도 발생한다. 또는 시점을 통일해 나가다 보면 필요한 단어나 문장을 삭제하는 경우도 일어난다. 이러한 사고를 대비해서 원본을 따로 보관해 놔야 한다.

2. 어떻게 수정하는가

원고를 수정하는 데 있어서 한꺼번에 수정을 하는 것보다는 단계별로 수정을 하는 것이 좋다.

6단계는 '주제 보완하기'다.

주제를 보완하면서 시점도 수정하고 묘사도 수정하면 혼란스럽다. 주제를 보완할 때는 원고 전체를 보고 적절하게 주제를 보완하는 작업만 한다.

시점을 수정할 때는 다른 내용은 보지 말고 오직 시점만 수정을 해 나가야 효율적으로 수정을 할 수가 있다. 또한 수정을 하는 속도도 훨씬 빠르다.

나중에 퇴고 과정에서 언급하겠지만 '처럼' 같은 부사격조사나 '의' 같은 관형격 조사를 반복해서 사용하는 경우가 있다. 이럴 때는 편집의 '찾기' 기능을 통해서 일률적으로 수정을 하는 것이 좋다.

또, 화면을 확대하거나 글자 크기를 1포인트 정도 키우면 수정해야 할 부분이 훨씬 잘 보인다.

6단계: 주제 보완하기

1. 소설의 주제란

자, 드디어 200자 원고지 기준 700매를 쓰는 대장정을 마쳤다. 당신이 만약 처음으로 장편소설을 썼다면 스스로에게 대단하다는 감탄사를 보낼 것이다. 단편은 수도 없이 써 왔지만 장편소설은 처음인 작가라면 장편 쓰기가 이렇게 쉬운 줄 예전에는 미처 몰랐다며 무릎을 쳤을지도 모른다.

소설의 주제는 처음부터 완벽하게 정해져 있는 거 아닌가?

맞는 말이다. 소설을 쓰겠다는 생각을 할 때부터 이미 주제는 정해져 있다. 주제가 정해져 있지 않다면 소설을 쓰겠다는 생각 자체가 나지 않을 것이다. 그러나 이 책에서는 죽이 되든 밥이 되든 분량을 채우고 보자는 식으로 진행이 되고 있다. 따라서 주제를 보완할 필요가 있다.

그러니 이미 소설을 시작했을 때부터 철저한 작가정신에 파묻혀 주제 의식을 갖고 글을 썼다면 7단계는 생략을 해도 좋다. 그렇지 않고 여기에서 지시를 하는 대로 철저하게 진행해 왔다면 이쯤에서 주제를 보완해야 한다.

소설에서 주제란 사람에게는 영혼과 같다. 아무리 재미있는 소설이라도 코미디 프로그램처럼 한 번 웃고 지나치는 것에 그친다면 문학적 성과는 떨어질 수밖에 없다.

주제, 구성, 문체는 소설의 3요소이다.

현대소설의 양식은 서구에서 들어왔다. 이를 극명하게 알 수 있는 방법은 주제를 영어로는 테마(Thema)라고 한다는 점이다. 이는 작가의 인생관과 생활관을 말한다. 혹은 서브젝트(Subject)라고 하는데 이 말은 무엇에 종속을 받거나 복종을 받는다는 의미이다.

한용환의 『소설학 사전』에서는 "주제라는 것은 마치 나무의 줄기처럼 다양한 부분들을 흐트러지지 않게 붙잡으면서도 자신의 중심 속에 숨어 있는 무엇"* 이라고 말하고 있다.

작가의 생활관, 인생관이라는 것은 작품을 이끌어가는 작가의 사상, 관념, 도덕적 판단, 교훈 등이 이야기를 이끌어 가는 시선이다. 주제가 없는 소설은 향기가 없는 꽃이고, 사람으로 치면 영혼 없이 몸만 있는 사람이라고 볼 수 있다.

소설의 주제란,

① 작가가 작품에서 구현하고자 하는 핵심적인 의미이다.

② 소설 속에 녹아 있는 의미이다.

③ 주제는 이야기를 통해 구체화된다.

---

* 한용환, 『소설학 사전』, 문예출판사, 2001, p.411.

④ 작품의 내용이며 작가의 사상이다.

따라서 주제는 작가의 분신이라 할 수가 있다.

Tip

천득이를 소설화하겠다는 생각의 결정적인 계기가 된 것은 천득이의 어리숙한 행동이나, 아무리 어려운 일을 해도 상인이 내미는 천 원짜리 한 장에서 요즘 말대로 필이 꽂힌 것은 아니다. 장애인을 바라보는 상인의 시선이 없었다면 그냥 단순히 기억에 남을 정도의 영상으로 남았을 것이다.

소설의 배경이 되는 전통시장에서 상인은 다수이고 천득이는 혼자다. 또 상인들은 천득이에게서 혜택을 얻고 있지만, 천득이는 무보수에 가까운 노동을 하고 있다. 여기서 갑과 을의 관계가 형성이 된다.

소설은 정상 속에서 비정상이거나, 비정상 속에서 정상적인 것이 보여야 한다는 관점에서 볼 때 상인의 갑질은 정상 속의 비정상이다. 곧 소설이 될 수 있는 여건을 갖추었다는 것이다.

이쯤에서 참고로 장편소설 천득이의 전체적인 줄거리를 살펴보도록 하자.

▶장편소설 『천득이』의 줄거리

노을이 지고 있을 무렵, 변동시장 초입에 딱총나무 지팡이를 짚은 칠십 대의 쪼그랑망태가 된 천득어미와 지적장애인인 서른 살의 천득이 나타난다. 키가 150센티도 안 되어 보이는 천득어미와 2미터가 넘어 보이는 천득의 엄청난 덩치가 시장 안으로 파고들자 금방 구경꾼들이 벌떼처럼 모여든다.

천득은 중앙상회에서 40kg짜리 찐쌀 20포대를 트럭에서 간단하게 하차해 주고 수고비로 천 원만 요구한다. 중앙상회 팽 회장이 미안한 기색으로 천 원을 내밀자, 천득어미는 난생처음으로 천득이 돈을 벌었다는 사실에 감격의 눈물을 흘린다.

서른 살의 천득은 아침부터 밤늦은 시간까지 시장 안에서 온갖 궂은일을 해 주고 수고비는 천 원만 받는다. 상인들은 아이스크림 한 개 가격도 안 되는, 오이 한 개 가격도 안 되는 천 원이면 엄청난 덩치의 천득을 부려 먹을 수 있다는 점에 매우 만족해 한다.

이른 아침부터 가게문을 닫는 밤늦은 시간까지 시장이라는 감옥 안에 갇혀 살던 여자들은 천득이 덩치만 거인처럼 컸지 여자를 모른다고 믿고 있다. 언제부터인지 천득의 엉덩이를 슬슬 쓰다듬거나, 툭툭 치며 묘한 즐거움을 누리기 시작한다.

큰길가에서 과일백화점을 하는 오대수는 천득을 붙잡아 둘 생각으로 '바다이야기'라는 게임장으로 데리고 간다. 천득은 소 뒷걸음치다 개구리 밟는 식으로 가오리를 잡아서 삼십오 만 원을 딴다. 재미를 붙인 천득은 시간만 있으면 바다이야기로 간다. 천득은 매번 따지만 오대수는 계속 잃기만 한다.

천득은 바다이야기에서 딴 돈으로 통닭을 몇 마리 산다. 편의점 박소연에게 통닭 한 마리를 주고, 때마침 들어오는 꽃집 여자에게도 한 마리 준다. 꽃집 여자는 로또복권 한 장을 선물로 준다.

천득과 같은 층에 사는 마흔다섯 살의 무당 선화보살은 천득어미에게 천득이 남자구실도 못하는 등신이라고 면박을 준다. 화가 난 천득어미가 직접 확인해 보라는 말에 천득의 물건을 만져보고 속으로 깜짝 놀란다. 당나귀가 따로 없구먼.

천득은 술에 취한 순댓국집 여자의 억센 손이 아닌 나긋나긋한 선화보살의 감촉에 깜짝 놀라서 벌떡 일어나 앉는다.

변동시장 번영회 회원들은 관광버스를 타고 포항에 회를 먹으러 간다. 팔도건강원의 지시로 회원들에게 술잔을 돌리던 천득은 상인들이 주는 술을 덥석덥석 받아먹고 곯아떨어진다. 관광버스가 변동시장에 도착할 때까지 천득은 잠을 자고 있었지만 누구 하나 깨우지 않는다. 운전사가 깨워서 천득이 눈을 떴을 때는 버스 안이 텅 비어 있을 때다.

천득이 오만 원짜리 로또복권에 당첨 사실을 알게 된 오대수는 천득이가 로또에 당첨될 수도 있다는 생각에 환심을 사기 위해 정 다방의 엄 양을 소개해 준다. 오대수의 거짓말에 속아 백조 여관으로 간 천득은 엄 양과 침대에 들어간다. 악! 곧이어 한낮의 정적을 째는 비명소리, 119차가 달려오고 엄 양은 산부인과에 입원을 한다.

그 광경을 목격한 파리패션 여자는 단걸음에 시장에 달려와서 순댓국집 여자에게 소문을 낸다. 드럼통 같은 순댓국집 여자는 이웃 시장통닭집 여자에게 살을 붙여서 소문을 내고 그날 저녁에는 70대 노파인 청산상회 노파까지 알게 된다. 천득을 어린애처럼 여기던 여자들은 천득을 사내로 보게 되고, 남자들은 경계 태세에 들어간다.

소나기가 억수같이 쏟아지는 날 낮잠을 자던 오대수는 가게 앞에 내놓았던 과일 절반을 버릴 수밖에 없게 된다. 때마침 비를 맞으며 지나가는 천득을 불러서 무지막지하게 두들겨 팬다. 과일백화점 건너편 스마일편의점에서 비를 피하던 변동시장의 잉꼬떡집은 그 광경을 목격하고 회심의 미소를 짓는다.

과일백화점 옆에 있는 아름다운나라 꽃집의 배달을 갔던 천득은 차 배달을 가는 미스 엄을 만난다. 미스 엄은 묘한 충동을 느끼고 천득을 백조 여관으로 오라고 한다. 그날부터 천득은 3만원이 생기면 백조 여관으로 달려간다.

부슬부슬 비가 내리는 날 천득은 엄 양한테 가기 위해 돈을 가지러 집에 간다. 천득어미는 외출 중이고 천득은 문득 선화보살의 손길이 생각나서 선화보살에게 또 만져 달라고 한다. 선화보살은 천득을 데리고 방글라데시인과 네팔인들이 살던 빈 방인 201호로 들어간다.

선화보살은 천득과 살을 섞고 나서 가깝게 느껴져 수고비를 2천 원으로 올리라고 부추긴다. 시장 상인들은 수고비를 100%나 올린 천득이 때문에 대책회의를 해서 고립시키기로 결정한다. 만약 천득이에게 2천 원을 주면 벌금을 십만 원씩 내야 한다. 하지만 이미 천 원이라는 달콤한 편안함에 물들어 있던 상인들의 약속은 물거품이 되어 버린다.

변동의용소방대장인 잉꼬떡집은 아침 훈련 후 해장술에 취해서 엄 양에 대한 질투심에 천득을 개 패듯 팬다. 시장상인들은 강 건너 불구경 하듯 구경만 한다. 그 이후 스마일편의점의 김국태, 현대슈퍼 등 남자들은 스트레스를 받으면 천득을 창고로 불러 들어서 마구잡이로 패 버린다.

천득어미는 우연히 201호에서 흘러나오는 소리를 듣게 된다. 며칠 후 선화보살을 불러서 합치라고 한다. 스무 살에 신이 들려 이혼 당한 선화보살은 손해 볼 것이 없다는 생각에 결혼하기로 한다.

천득이 꿈에 그리던 결혼을 하게 되자 천득어미는 동네 남자들에게 맞아 죽은 남편을 생각하며 눈물 흘린다. 남편은 천득이만큼 키가 크고 장사였다. 그러나 동네 구장 아내를 비롯해서 새댁까지, 환갑이 지난 천득이 아버지하고 통정을 한 사실이 발각되어 동네 남자들에게 맞아 죽었다.

천득과 결혼을 한 선화보살은 첫날밤 천득에게 수고비를 만 원으로 올려 받으라고 당부한다. 더불어서 절대로 남자에게 맞고 다녀서는 안 된다고 교육시킨다.

천득이 수고비를 만 원으로 올렸다는 것을 알게 된 변동시장은 또 다시 대책회의가 열리고 절대로 천득에게 일을 시키지 않기로 결의한다. 과일백화점의 오대수는 천득이 로또복권 당첨 여부를 자신에게 알리지 않았다는 사실 때문에 주먹질을 하다 오히려 천득에게 얻어맞고 기절해 버린다.

순댓국집 여자는 천득이 장가를 갔다는 말을 듣고 영업이 끝난 밤중에 천득을 데리고 가겟방으로 들어간다. 남편한테 눈두덩이 시퍼렇게 멍이 들도록 얻어맞아도 가게문을 열던 순댓국집은 사흘 동안 문을 열지 않는다. 시장 여자들의 눈초리를 의심으로 물들어 가고 급기야 소문이 난다. 남자들은 더 살벌한 경계태세에 들어가지만 여자들은 은근히 천득에게 눈길을 준다.

이미 천득의 달콤함에 맛들인 현대슈퍼는 슬그머니 천득을 불러서 대문에 페인트칠을 시키고 만 원을 준다. 그것을 벤치마킹한 팔도건강원도 세 시간 동안 중노동을 시키고 만 원을 지불하는 것으로 상인들의 약속은 깨져 버린다.

소나기가 억수같이 쏟아지던 날 현대슈퍼 남자는 안채 마당의 막힌 하수구를 뚫기 위해 천득을 부른다. 시장통닭집에서 여자들과 낮술을 마신 현대슈퍼 아내는 남편이 배달을 간다는 말에 슈퍼로 간다. 천득이 화장실을 알려달라는 말에 안채로 들어간 그녀는 호기심에 천득을 유혹한다.

배달에서 돌아온 현대슈퍼는 막혔던 하수구가 뻥 뚫린 것을 보고 만족해 한다. 그러나 거실에서 나오는 천득을 보고 깜짝 놀라 안채로 뛰어 들어간다. 아내가 거실 바닥에 까무러쳐 있다. 천득에게 달려들지만 억수같이 쏟아지는 빗속으로 내동댕이쳐진다. 고통스럽게 일어나 순댓국집 남자에게 전화를 건다.

비를 맞고 집으로 온 천득으로부터 몇 명의 여자들을 기절시켰다는 말을 들은 선화보살은, 천득의 아버지가 동네 여자들에게 불려 다니다가 몰매를 맞아 죽었다는 말을 떠올리고 가슴이 철렁 내려앉았다. 까딱 잘못하면 천득이도 시아버지처럼 몰매를 맞아 죽을지 모른다는 생각이 들면서 온몸에 소름이 돋았다. 천득은 반바지에 티셔츠를 입고 방바닥에 벌렁 누웠다. 웅웅웅, 노래를 부르며 손가락 맞추기를 시작한다. 천상 덩치만 큰 어린애다.

내가 시방 이라고 있을 때가 아니지.

천득의 작고 선한 눈과 시선이 마주치는 순간 다시 한 번 소름이 좌악 끼쳐왔다. 천득어미를 만나서 이 엄청난 일을 어떻게 하면 좋을지 대책을 세워야 한다는 생각에 벌떡 일어섰다. 빗소리가 가득 고여 있는 복도는 여전히 어둡고 시큼하고 텁텁한 냄새가 고여 있었다. 천득어미가 있는 곳으로 뛰어가려다 우뚝 멈추고 뒤로 돌아섰다.

그려! 대주님이 먼저 그 여자들을 유혹하지는 않았을 거잖여!

문 밖으로 컴컴한 하늘에서 소나기가 장대처럼 내갈기고 있었다. 바람이 부는지 복도로 화살처럼 내리꽂히는 빗줄기를 가만히 바라보다가 싸늘하게 웃었다.

2. 어떻게 보완할 것인가

소설에서 사건은 주제를 담고 있는 그릇이다. 소설에서 사건이 일어나려면 인과관계가 형성되어야 한다. 한 남자와 한 여자가 사랑하다 헤어지는 것은 사건이다. 헤어지는 이유가 단순히 돈 때문이었다면 "물질만능에 물든 사회상"이 주제가 된다. 서로 사랑하지만 시댁의 반대로 헤어진다면 요즘 인터넷에서 많이 떠도는 "마마보이" 혹은 "가부장적 가장의 독재"가 주제다.

흔히 사건은 주제를 반영할 수 있어야 한다고 말한다. 예를 들어서 '의료사고'를 주제로 소설을 쓰려면 무대가 병원이어야 하고, 병원과 환자 사이에서 벌어지는 사건을 도입해야 한다는 것이다.

물론 그럴 수도 있다. 하지만 사건의 배경이 병원이나 의사와 환자 사이가 아니고 전혀 낯선 곳에서 일어날 수도 있다. 산사의 주지 스님과 행자 사이에서도 의료사고가 일어날 수 있다는 것이다. 또 반드시 의료사고가 아니더라도 잘못된 치료 상식이나, 약초에 대한 잘못된 지식 등 얼마든지 그 범위는 주제의 본질에서 멀어질 수 있다.

주제를 보완하는 데 있어서 처음 의도와 다르게 서술이 되어 있다면 주제를 상징할 수 있는 사건을 만들어서 요소요소에 쐐기를 박으면 된다.

예를 들어서 갑과 을을 주제로 쓸 때, 주제가 약해 보이면 갑과 을 사이에서 벌어질 수 있는 약자의 아픔을 더 심화시켜서 주제를 강화시키면 된다.

이와 반대로 주제가 너무 약해서 도저히 보완을 할 수 없는 상황이라면 다른 주제를 심을 수도 있다.

천득이의 경우 장애인을 멸시하는 사회적 시선과, 물질만능주의를 주제로 삼고 있다. 그러나 주제가 약해 보이면 천득이가 품고 있는 주제(장애인 문제, 물질만능)를 다른 주제로 변형시킬 수도 있다. 천득이 뒤에 조직폭력배를 등장시켜서 '지적장애'라는 점을 앞세워 폭력을 휘두르게 할 수도 있을 것이다.

7단계: 구성하기

1. 소설의 구성은

당신은 소설을 쓰기 위해 모아 놓은 자료를 모두 사용하지는 않는다. 어떤 자료는 처음 의도와 다르게 사용조차 하지 않고 폐기처분을 할지도 모른다. 또 어느 자료는 너무 빈약해서 보충을 해야 하는 상황이 벌어지기도 한다.

자료의 선택이 끝나면 그것을 어떠한 순서로든지 배열해야 한다. 배열하는 순서는 반드시 시간적 배열에 의존하지 않는다. 작가의 의도에 따라서 시간과 공간을 무시해 버리고 배열할 수 있다. 이러한 것을 구성이라고 한다.

일반적인 작법은 소설을 쓰는 데 있어서 구성이 상위 단계에 속한다. 하지만 여기서는 구성을 하위 단계로 배정했다. 이 작법의 특징은 앞에서 언급을 한 것처럼 소설의 이론보다는 실기를 우선으로 하고 있다.

열 번 언급을 해도 부족하지 않은 말이지만 현재 한국의 소설작법 현실로 볼 때 아무리 뛰어난 이론으로 무장하고 있더라도 직접 소설을 쓰기란 쉽지가 않다. 말 그대로 단순한 소설 이론에 불과하다.

소설은 죽이 되든 밥이 되든 해당 장르에서 원하는 분량을 완성했을 때 비로소 '소설'이라고 볼 수가 있다. 구성이며 주제며 인물도 '소설'이 완성되었을 때 비판을 하든 수정을 하든 창조해낼 수 있다는 점이다.

8단계에서는 지금까지 쓴 7백매 12꼭지를 갖고 구성을 하는 단계이다. 구성은 플롯(plot)라고도 하며 인물, 사건, 시간이 플롯의 중심을 이룬다. 또한 이것을 구성의 3요소라고 한다.

① 인물은 작품 속에 등장하는 사람이다.
② 배경은 인물이 행동하는 때(시간)와 곳(장소)이다.
③ 사건은 인물들이 일으키고 겪는 일과 행위다.

소설에서 인물, 배경, 사건이 존재하지 않으면 온전한 소설이라 할 수가 없다. 당신이 지금까지 쓴 소설에도 인물과 배경과 사건이 존재하고 있다. 천득이를 예로 들면 천득이와 순댓국집 여자, 선화보살 등이 인물이다.

배경은 시장이고 사건은 천득이가 변동시장에 정착해서 상인들과 대립하는 과정이다.

당신은 아래 방법에 의해 캐릭터에 숨결을 불어 넣어야 할 것이다. 그러기 위해서는 가장 먼저 이름을 지어야 할 것이다.

소설에서 이름과 인격의 상관관계는 매우 밀접하다. 캐릭터를 창조하는 데 있어서도 이름은 캐릭터의 절반을 차지한다고 봐도 무리는 아니다.

학자의 이름을 동팔이나 영달이라고 하면 왠지 경박스럽고 사기꾼 냄새가 짙다. 학자나 교수 같은 경우는 김진식, 유정근 등 무게감이 있고 지적인 이름이 어울린다.

사기꾼은 변차수, 권영달, 김묘식 등이 캐릭터를 살려준다. 건달들은 이름보다는 메기, 고슴도치, 망치 등이 캐릭터를 살리는데 도움을 준다.

"천득이"의 원래 이름은 천덕(天德), 즉 하늘에서 준 덕이라는 뜻이다. 천덕이라고 하면 용맹한 장수나 우직한 일꾼의 이미지다. 하지만 충청도 사투리로 발음이 되는 '처득'이라고 하면 왠지 바보스럽고 마음이 선하고 쉬워 보이는 뉘앙스를 풍기고 있다.

Tip

장편소설 『천득이』에서는 본래의 호적상 이름보다는 업종에 따라서 이름이 지어졌다. 순댓국집을 하고 있으면 남자는 순댓국집 사장, 여자는 순댓국집 여자라고 지었다. 현대슈퍼, 파리패션, 분식센터, 채소장수 남편, 아내 등이 대표적이다.

시장에 가서 관심을 갖고 상인들끼리 부르는 호칭을 들어 보면 남자의 경우에는 모두 사장이다. 김 사장, 박 사장, 이 사장 등이다. 성이 같은 경우는 성 앞에 업종을 붙이는 경우가 많다. 『천득이』에서도 팔도건강원이나, 불로장수원이 그런 경우이다.

2. 사건의 구성

소설에서 눈과 귀, 팔과 다리는 등장인물이다. 몸은 배경이고 사건은 몸이 걸어가는 방향이나 몸의 행동과 같다.

소설에서 배경과 사건은 인물의 관계에 따라 벌어지는 여러 종류의 행동을 말한다. 사건이 펼쳐지는 과정이 곧 소설의 뼈대가 되므로, 사건은 소설을 구성하는 핵심 요소의 하나이다.

소설은 크고 작은 사건(행동)의 연속이다. 최초의 사건은 장차 그 안에서 벌어질 주요 이야기의 단서가 되어야 한다. 소설의 사건은 시간적 연속성뿐 아니라 원인과 결과의 고리로 이어진다.

삽화의 연속고리는 사건의 연속화를 진행시킨다. 다시 언급을 하자면 첫 번째 삽화에서는 두 번째 삽화에서 일어날 사건을 암시해주어야 한다. 두 번째 삽화에서는 세 번째 삽화의 사건을 암시, 혹은 어떻게 일어나게 될지 궁금증을 안겨줘야 한다. 이것을 삽화의 연속고리라고 한다. 앞의 삽화에서 뒤의 삽화가 어떻게 일어나게 될지를 예고하는 동시에, 다음 삽화에서 일어나게 될 사건을 예고하는 것이다.

소설에서 인과관계는 모든 사건, 인물의 등장과 퇴장에도 지켜져야 한다. 필연성과 그럴 만한 사연이나 이유가 있어야 한다.

소설의 사건은 시간의 흐름이나 원인과 결과의 관계에 따라 순서대로 늘어놓을 수도 있고, 글쓴이의 의도에 따라 순서를 바꾸어 전개시킬 수도 있다.

소설의 사건은 역할에 따라 중심적 사건, 부수적 사건, 예비적 사건으로 나눌 수 있다. 이 중에서 예비적 사건을 복선이라고도 한다. 복선은 중심적 사건이 펼쳐질 모습을 미리 암시하는 기능을 한다. 소설에는 여러 가지 소재 가운데 주제와 밀접한 관련을 맺는 구체적인 사건이 있고, 그것의 계기가 되거나 배경이 되는 사건이 있다. 앞의 것을 중심적 사건이라고 하고 뒤의 것을 부수적 사건이라고 한다. 부수적 사건을 에피소드라 한다.

소설에서 사건을 이어가는 방법을 다음 5가지로 분류할 수 있다.

① **필연성**: 소설의 사건을 진행하는 데 있어서 필연성은 매우 중요하다. 필연성과 논리성은 다르다. 논리적으로 등장인물을 사건으로 끌어들여서는 안 된다는 것이다. 등장인물 A와 S는 서울에 산다. 그들이 부산의 광복동에서 갑자기 만나려면 사전에 A와 S가 광복동에 갈 수밖에 없는 이유를 제시했어야 한다는 것이다.

② **연상성**: 사건의 연상성은 프랑스 파리를 생각하면 에펠탑을 연상하는 것처럼 사건의 배경이나, 등장인물의 연상으로 사건을 이어나가야 한다는 말이다.

③ **우연성**: 필연적인 사건을 아주 우연인 것처럼 꾸며 말한다.

④ **의외성**: 인물의 의도에서 빗나간 사건의 발생. 독자의 기대를 배반하는, 충격적인 이야기로 진행한다.

⑤ **예시성**: 사건을 미리 예시하거나, 등장인물의 출연을 미리 예시해 주어야 한다.

초보자인 경우 사건의 흐름은 단순구성으로 한다. 계속 글을 쓰다보면 단순구성을 벗어나 복합구성을 사용해 본다. 복합구성은 단순구성보다 소설의 읽는 재미를 더해줄 뿐만 아니라, 전체적인 구조를 탄탄하게 만들어주는 역할을 한다. 사건의 흐름을 분류하면 다음 7가지로 나눌 수 있다.

① 단순구성: 한 인물이 한 사건을 겪으면서 하나의 주제를 드러내는 구성으로 단편소설에서 많이 쓰인다.

② 복합구성: 여러 인물이 여러 사건을 겪으면서 주제도 복합적으로 드러내는 구성으로 장편소설에서 많이 쓰인다.

③ 평면구성: 사건이 시간의 흐름대로 전개되는 구성으로 '과거-현재-미래'의 방식으로 전개된다. 현대소설 이전의 작품에 많이 사용된다.

④ 입체구성: 사건이 시간의 흐름에 따르지 않는 구성으로 흔히 '현재-과거-미래'의 방식으로 전개된다. 현대소설, 특히 심리소설에 많이 쓰인다.

⑤ 피카레스크 구성: 여러 사건이 산만하게 나열되어 있는 구성으로 서로 다른 각각의 사건들을 통일된 주제로 엮어서 전개하는 구성이다. 따라서 이 방법으로 쓰여진 소설에서는 각각의 독립된 사건과 해결에서 오는 단순한 리듬의 반복이 있을 뿐 일관된 성격의 변화나 주제의 발전 같은 것은 없다.

⑥ 액자형 구성: 하나의 구성 안에 또 하나의 구성이 들어 있는 구성으로, 구조의 핵심을 이루는 중심 플롯과 그 외곽을 이루는 부분인 종속 플롯으로 되어 있다. 외부의 이야기를 '외화', 내부의 핵심적 이야기를 '내화'라고 한다.

⑦ 옴니버스 구성: 옴니버스는 소설의 틀 속에 주제가 비슷하면서도 내용이 각기 다른 짧은 이야기를 많이 연결해 놓은 구성이다.

여기서 잠깐!

구성을 한마디로 말한다면 사건이 어느 방향에서 어떤 식으로 흘러가게 만드느냐를 결정하는 일이다. 따라서 치밀한 설계가 필요하다. 하지만 본 작법에서 지시를 하는 대로 삽화를 미리 만들어서 사건을 연결, 진행해 나간다면 그리 어렵지는 않다. 중요한 것은 이론은 이론일 뿐, 사건의 흐름은 작가 자신이 수십, 수백 가지로 변형해도 된다는 점이다.

8단계: 캐릭터 창조하기

1. 캐릭터 분류

소설의 인물을 캐릭터(character)라고도 한다. 캐릭터의 원뜻은 영화나 드라마에 등장하는 허구적 인물을 말한다.

등장인물은 작가가 만들어낸 허구적 인물이다. 작가의 의도에 따라 행동하는 인물이다.

영화에서 배우는 감독이 원하는 대로 언어적으로는 표현하기 힘든 표정, 손 동작, 걸음걸이, 버릇, 말투 등 다양한 표현 요소를 총체적으로 연기한다. 물론 소설은 영상이 아니다. 따라서 묘사에 의존한다.

인물 묘사를 하는 데 있어서 영화의 캐릭터를 염두에 두고 묘사를 하면 훨씬 살아 있는 듯한 인물을 창조해 낼 수가 있다. 캐릭터는 대화, 외모, 행동이라는 요소에 의해 묘사되며 특히 다른 등장인물과의 상관관계 속에서 인물의 생각, 성격, 특성이 드러난다.

캐릭터를 창조하는 방법에는 여러 가지가 있지만 여기서는 『천득이』에 나오는 등장인물을 살펴보기로 하자.

① 역할에 따른 분류

- 주동인물: 작품의 주인공이며 사건을 이끌어가는 역할을 수행하는 긍정적인 인물(천득이)

▶ 천득이

사내는 전봇대처럼 키만 큰 것이 아니고 덩치가 우람해서 삼국지에 나오는 여포나 관우가 재림한 것은 아닌지, 다시 눈을 씻고 쳐다봐야 할 정도로 키가 컸다. 하지만 사내의 자세는 언월도를 휘두르거나 반월도로 바람을 가르며 용맹스럽게 적진을 향하여 말을 타고 달리는 장수처럼 보이지는 않았다. 덩치는 엄청나게 컸으나 어깨뼈가 툭 튀어 나온 팔은 지나치게 길었다. 엉덩이는 오리처럼 툭 튀어 나와서 몸 전체가 묘하게 비대칭을 이루고 있었다. 마구간이나 청소하고, 병사들의 밥을 지을 수 있도록 물지게나 지고 다닐 정도로 볼품없다 못해 기묘하기까지 했다.

- 반동인물 : 주인공과 대립되는 인물, 적대자 갈등을 일으키는 부정적 성격의 인물(잉꼬떡집, 현대슈퍼 등)

▶ 잉꼬떡집

사십 대의 잉꼬떡집은 중학교를 졸업하고 부모님 밑에서 떡 만드는 기술을 배웠다. 고등학교나 대학교를 졸업하고 번듯한 직장인이 되지 못하는 대신 꼭 부자가 되겠다는 결심으로 밤낮을 모르고 일을 했다. 그 덕분에 33평짜리 아파트를 한 채 샀다. 적금이니 예금이니 뭐니 해서 금융 자산도 오천만 원 정도 된다. 떡집도 그런대로 장사가 되는 편이어서 먹고 살 걱정이 없어지니까, 인간이라는 것이 짐승처럼 먹고 사는 것이 전부는 아니라는 생각이 들면서 슬슬 회의감이 들기 시작했다. 중학교 다닐 때 비루먹은 강아지처럼 빌빌 싸던 동창 중에는 넥타이 매고 출근을 하는 은행원도 있고, 하루걸러 결석을 밥 먹듯이 하던 땡땡이가 제복을 입은 경찰관이 됐는가 하면, 집안이 가난해서 3년이나 뒤늦게 중학교를 졸업한 초등학교 동창은 동사무소 직원이다.

그들과 비견할 만한 그 무엇이 없을까 찾아보다가 관변단체 쪽으로 시선을 돌렸다. 자유수호협회니, 조국사랑운동본부니, 지붕고쳐주기운동본부 등 단체에 회원으로 가입해 보니 넥타이 맬 일도 생기고, 양복 윗주머니에 꽃송이를 달 일도 생겼다. 유지들과 함께 하얀 장갑 끼고 동네사람들 앞에서 으스댈 때는 세상 사는 맛이 났다. 문제는 경력이 짧다 보니 회장이 될 수 있는 길이 너무 멀다는 것이다.

하루는 작심을 하고 장급이 될 수 있는 단체는 없는지, 이웃 동네를 벤치마킹해 보기로 했다. 이웃 동에는 있고, 변동에는 없는 단체를 하나하나 체크하다가 변동에 의용소방대가 없다는 걸 깨달았다. 부랴부랴 상인들이며 아는 친구에, 동네 동생들까지 동원시켜서 변동 의용소방대를 창설한 것이 한 달 전이다.

▶ 현대슈퍼

현대슈퍼 주인은 범죄추방운동본부 변동 지회장이다. 그 직함으로 시간만 있으면 변동 파출소 순경들과 어울리기를 즐겨했다. 그닥지 않게 거인 같은 덩치의 천득을 바라보며 기어들어가는 목소리로 대답했다.

② 성격에 따른 분류

- 전형적 인물 : 직업이나 환경 등에 따른 특정 계층의 보편적인 성격을 대표하는 인물로 공시적 보편성을 지닌다.(천득이, 선화보살 등)

▶ 선화보살

스무 살에 결혼하고 신이 들려서 일 년도 못 채우고 시댁에서 쫓겨났다. 신이 들려서 그랬는지 모르지만 밤마다 달려드는 남편이 징그럽기만 했었다. 나이가 들어서 그런지, 남자의 손길을 거의 이십 몇 년 이상 느껴보지 못해서 그런지 거대한 물건의 촉감이 머리부터 발끝까지 짜릿하게 만드는 순간 입이 턱 벌어졌다. 그러나 천득어미 앞에서는 입술을 삐죽거리며 돌아섰다.

- 개성적 인물 : 어떤 특정 사회의 부류나 계층에 속하지 않는

독자적인 성격의 인물로 독특한 개성을 지닌다.(잉꼬떡집, 순댓국집 등)

▶ 순댓국집

어느 날 밤 남편은 새벽녘에 귀가를 해서, 곤하게 잠들어 있는 아내를 깨우지 않을 작정으로 조용히 침실의 불을 켰다. 그리고 침대에 누워있는 희멀건 암퇘지 한 마리를 보는 것 같은 기분에 몸서리를 치며 중얼거렸다.

순댓국집은 남편의 말대로 더 이상 순대국밥을 먹지 않겠다고 결심을 했다. 그러나 이미 중독이 되어버려서 끊을 수가 없었다. 그 중독증상은 남자들이 담배를 끊었을 때 오는 금단현상과 비교를 할 수 없을 정도였다. 저녁에 잠을 자려고 눈을 감으면 온몸이 부들부들 떨리면서 순대국밥이 생각났다. 순대국밥을 지우려고 고개를 흔들면 다진 양념을 듬뿍 넣은 얼큰한 순댓국이 반짝반짝 빛을 내며 우주선처럼 비행해 오는 것 같아서 도통 잠을 이룰 수가 없었다.

그녀는 더 이상 순대국밥을 먹으면 안 된다고 이불로 얼굴을 가리고 이를 갈며 진저리를 쳤다. 하지만 결국 유혹을 이겨내지 못하고 남편 모르게 밤바람을 헤치며 가게로 뛰어갔다. 도둑처럼 가게에 침입하자마자 가스레인지의 불을 켰다. 익숙한 솜씨로 순댓국을 말아 자글자글 끓여서 후후 불어가며 한 그릇을 뚝딱 해치웠다. 목까지 차오르는 포만감에 배를 문지르며 식장의 불을 끄고, 어둠 속에서 빙긋빙긋 웃으며 가겟방으로 들어가 단잠에 빠져 들었다.

그녀의 남편은 아내가 순대국밥을 끊어도 계속 살이 쪄가는 모습을 보고 슬슬 바깥으로 나돌기 시작했다. 남편이 바깥으로 나도는 횟수가 늘어 갈수록 그녀도 거리낌 없이 순댓국밥을 먹기 시작했고 살은 더 늘어만 갔다. 몸무게가 무럭무럭 늘어 50킬로 아래로 맴돌던 신혼시절의 몸매가 90킬로를 육박했다.

그녀는 검은색이 살찐 몸매를 가려준다고 믿었다. 그래서 봄부터 겨울까지 저승사자처럼 검은 천이 그녀의 푸짐한 몸을 감싸고 있다. 여름에는 땀의 배출을 가능한 한 원활하게 하려고 소매가 없는 원피스를 주로 입었다. 검은색 바탕에 시뻘건 장미가 드문드문 그려진 원피스도 그녀의 넘치도록 출렁거리는 살을 감춰줄 수는 없었다. 본격적으로 혼자 장사를 시작하고 나서는 몸무게가 120킬로를 넘겼다. 양쪽 볼이 축 늘어진 턱으로부터 시작해서 팔뚝이며 아랫배, 옆구리며 엉덩이 같은 곳에 살이 겹칠 수 있는 부분이면 빈틈없이 살주름이 일어났다.

③ 성격 변화 여부에 따른 분류

- 평면적 인물 : 한 작품 속에서 처음부터 끝까지 성격 변화를 보이지 않는 인물.(시장통닭, 분식센터)

▶ 시장통닭

시장통닭집 여자는 무표정한 얼굴로 직사각형의 식도를 번쩍 치켜들었다. 칼날에 햇볕이 반짝 머물러 있던 직사각형의 무쇠칼이 닭의 목을 내려쳤다. 살점 몇 점이 파편처럼 튀면서 모가지가 무조각처럼 싹둑 싹둑 잘려나갔다. 그녀는 태어나는 순간부터 단 한 번도 웃어 본 적이 없는 여자처럼 표정의 변화가 없었다. 식도로 퍽! 퍽! 퍽! 생닭을 내려칠 때마다 살점은 설렁탕 깍두기 크기로 잘라져 나가면서 살점이 튀고 뼛조각이 으깨졌다. 그녀가 콧잔등에 착 달라붙어 있는 살점을 떼어내는 것으로 생닭의 시체는 스물 몇 개의 조각으로 분리가 되었다.

- 입체적 인물 : 환경, 상황 등의 영향으로 사건의 진전에 따라 성격의 변화를 보이는 인물.(천득이, 선화보살, 순댓국집, 현대슈퍼 아내 등)

④ 인생의 사회적 측면에서 보여 주는 분류

- 비극적 인물: 제도나 인습, 인간의 탐욕 등에 의해 희생되는 비극적인 면을 보여 주는 인물(천득이)
- 희극적 인물: 인생의 희극적인 면을 보여 주는 인물로서 성격적으로 해학적, 회화적인 면모를 보이며 시대나 사회 현실에 대해 풍자적인 태도를 보인다.(순댓국집 남자, 채소장수, 현대슈퍼 사장)

현대소설에서 인물은 입체적이며 개성적이어야 한다. 선과 악이 선명하게 드러나는 인물을 중심으로 하는 것이 아니라 환경이나 변화에 따라서 인물도 변화해야 한다.

2. 캐릭터 창조 방법

① 일반적인 캐릭터 창조 방법

작가가 등장인물을 소설에 출연시키는 방법을 성격 창조라고 한다. 성격을 창조하는 방법에는 여러 가지가 있다. 근대소설에서는 인물의 생김새나 외적인 묘사를 통해 인물의 성격을 제시하는 방법을 많이 사용했으나, 요즈음 소설에서는 다양하고 복잡한 심리와 행동을 묘사하는 방법을 많이 사용한다.

전자를 직접적 방법이라 하고 후자는 간접적 방법이라 한다.

(1) 직접적 방법(분석적, 해설적, 편집자적, 논평적 제시): 작가(서술자)가 직접적으로 인물의 특색, 특성을 요약해서 설명하는 방법 →말하기(telling)

(2) 간접적 방법(극적, 장면적 제시): 행동이나 버릇, 대화, 갈등을 장면적으로 보여줌으로써, 독자의 상상력에 맡겨 버리는 방법 →보여주기(showing)

소설 안에도 엑스트라가 등장한다. 소설 안에 등장하는 엑스트라는 대부분 현실의 사람들과 닮아 있다. 그러나 등장인물은 어디까지나 작중인물이다. 작중인물에 개성을 부여하는 권한을 가진 사람은 소설가인 당신이다. 작중인물의 개성은 사건과 관련이 있어야 한다. 그러므로 엑스트라와 구분이 되지 않을 수 없다. 물론 역사상의 실존 인물로 창작을 하는 경우, 이를 허구적 인물이라고 할 수 있는가 하는 점은 문제가 있다. 하지만 당신은 적어도 소설가다. 그러므로 소설 속의 허구적인 인물과 실제 인물을 구분해야 한다.

예컨대 역사에 나오는 충무공 이순신과, 당신의 소설에 등장하는 충무공 이순신은 엄연히 다르다는 것이다. 그 이유는 세 가지로 들 수 있다.

(1) 소설의 인물은 소설이란 허구 속에 살고 있는 인물이며, 그 허구 세계는 당신이 창조한 작품 또는 텍스트의 구조 속에 존재한다는 점이다.

(2) 소설 속의 인물은 소설 속의 여러 가지 요소인 언어, 행동, 배경, 다른 인물과의 관계가 형성된다는 점이다.

(3) 소설 속의 인물은 모두 당신이 인위적으로 만든 구조로서의 인물이라는 점이다.

② 대화체로 캐릭터를 창조하는 방법

사람은 외모로도 성격을 가늠할 수 있지만 대화를 해 보면 상대방의 성격을 짐작할 수 있다. 아무리 잘생기고 지적인 용모를 지녔다 해도 그의 입에서 건달들이나 조폭들이 사용하는 언어가 나오면 그는 분명 조폭이다. 그러므로 굳이 인물 묘사를 하지 않아도 몇 마디 대화로 등장인물의 성격을 알아볼 수 있기 때문이다.

- 불량배는 굳이 우락부락하게 생기고 덩치가 하마만하다고 묘사하지 않아도→"킬킬킬! 니 배때기는 무쇠로 됐나 보지? 어쩌! 심심한테 칼로 팍 쑤셔 볼까?"
- 지적인 사십 대 남자는 양복 차림에 안경을 쓰지 않아도→"글쎄요. 제 생각에는 아무래도 무리라는 생각이 듭니다. 밤과 낮이 생긴 것이 반드시 지구의 자전원리 때문만은 아니거든요."
- 시기꾼 같은 남자는 뱁새눈에 세모 턱이 아니더라도→"단돈 오천만 원만 투자해서 한 달 만에 오억을 번다는 게 말이나 된다고 생각합니까? 하지만 일 년에 천억 원을 버는 사람도 있습니다. 로터리에 있는 제일건선 최사장이 작년에 오십억 원을 투자해서 천억 원을 번 사람입니다. 내 말을 못 믿겠다면 당장……"
- 서정적인 여자는 굳이 서늘한 눈동자와 가냘픈 허리 등을 묘사하지 않아도→"전, 정말 그 시간에 당신이 거기서 기다리고 있을 줄 몰랐어요. 제가 얼마나 당신을 그리워했는지 아세요? 당신이 떠나고 난 뒤로는 푸른 하늘만 쳐다봐도 눈물이 나더라구요."
- 늙은 호스티스는 굳이 싸구려 화장품을 바르고 원색의

옷을 입지 않아도→"흥! 놀고 앉아 있네. 이봐요, 얼굴 좀 잘생기고 돈 좀 있다고 해서 내가 넘어갈 줄 알면 큰 오산이라구요. 나 이래봬도 산전수전 다 겪은 여자라구요. 왜 이래? 이거."

천득은 과일백화점은 미련도 없이 현대슈퍼가 있는 곳으로 바쁘게 걸어갔다. 슈퍼 안에서는 에어컨이 돌아가고 있어서 시원했다.

"덥지?아이스크림 하나 줄까?"

현대슈퍼 아내가 계산대 안에 앉아 있다가 천득을 반갑게 맞이했다.

"아이스크림 주면 수고비 천 원 안 줘도 되지?"

현대슈퍼는 남자 키치고 작은 키가 아니다. 그런데도 머리가 천득의 어깨를 넘지 못했다. 천득의 얼굴을 올려보며 싱긋이 웃었다.

"처……천 원. 천 원짜리 줘, 하……한 장 줘야 하는 거야."

천득은 히죽히죽 웃으며 현대슈퍼 아내를 따라갔다. 현대슈퍼 아내가 천득에게 아이스크림을 꺼내주고 엉덩이를 슬쩍 두들긴다. 천득이 아이스크림을 무 씹어 먹듯 와작와작 씹어 먹으며 히죽 웃었다.

"천득아, 그 아이스크림 천오백 원짜리라는 거 알고 있어?"

"아이스크림 한 개 얼마나 한다고, 천득이 수고비를 깎아요."

현대슈퍼는 어차피 빈말로 해 본 것에 불과해서 아내가 입술을 삐죽거려도 상대를 하지 않았다. 그만큼 일을 더 시키면 손해 볼 것이 없다고 생각하며 천득을 데리고 창고 안으로 들어갔다.

창고의 반대편 문을 열면 안채의 마당이 나온다. 현대슈퍼는 슈퍼로 통하는 문은 닫아 놓고, 마당 쪽의 문을 활짝 열었다. 창고 안에는 덤핑 장사들에게 사 들인 음료며 주류에 각종 공산품들이 어지럽게 쌓여 있다.

"나 혼자는 이틀 이상은 걸릴 거야. 하지만 천득이 네가 하면 한나절이면 끝낼 수 있으니까 바쁘게 서둘러 봐."

현대슈퍼는 안채로 들어가서 음료수 병에 담겨 있는 얼음물을 들고 왔다. 천득이 기운이 제 아무리 장사라고 하지만 더위는 견뎌 내지 못할 것이다. 음료 박스 몇 개를 옮겼을 뿐인데도 땀투성이가 된 천득에게 얼음물을 따라 주며 회심의 미소를 지었다.

③ 행동으로 캐릭터를 창조하는 방법

사람의 행동은 거의 무의식적이다. 걸어야 할 때는 무의식 속에 걷게 되고, 팔뚝에 모기가 앉으면 저절로 손바닥이 펴진다. 직업에 따라서 행동도 변하게 된다. 스튜어디스의 걸음걸이와 식당에서 배달을 하는 사람의 걸음걸이는 분명히 다르다. 도를 닦은 수도사들의 행동과 조직폭력배의 행동도 눈에 보이도록 차이가 난다.

소설에서 등장인물의 행동묘사도 성격을 창조하는 데 있어 대화 못지않게 중요한 요소로 작용한다. 따라서 등장인물의 행동을 세밀하게 묘사하면 감각적으로 인물의 성격을 파악할 수 있다.

Tip

쌀 포대 위에 양반다리를 하고 앉아 있는 변동 정육점 주인이 술기운이 있는 목소리로 말을 해도 어느 한 명 반박하는 이가 없었다.

"박 사장, 인생을 그렇게 사는 것이 아냐. 박 사장이야말로 요즘 중국산 냉동 개를 국산으로 속여서 개소주 만들어 파느라 밤새는 줄 모른다고 하지만, 내가 언제 그것 때문에 박 사장 인간성 더럽다고 욕하는 거 봤어?"

현대슈퍼는 자신을 두둔하는 사람들의 말을 듣고 나니까 팔도건강원이 갑자기 가소로워졌다. 피식 웃기까지 하면서 어린애 꾸중하는 목소리로 말했다.

"야! 너 참말로 뜨거운 맛 좀 볼래!"

팔도건강원이 더 이상 참을 수 없다는 얼굴로 고함을 지르며 몸부림을 쳤다.

"허! 잘하면 토막 내서 개소주로 만들겠다는 기세네."

현대슈퍼는 가소롭다는 얼굴로 콧방귀를 끼며 피식 웃었다.

"너, 이 새끼 더 이상은 못 참아!"

팔도건강원은 화가 머리 꼭대기까지 치솟는 것을 느끼며 앞으로 뛰어 나갔다.

"어어! 참아요."

팔도건강원 옆 자리 의자에 앉아 있던 천냥백화점이 팔도건강원 앞을 가로막는다는 것이 발을 잘못 디뎌서 엎어지고 말았다. 팔도건강원은 천냥백화점 등을 타고 반원을 그리면서 나동그라졌다.

"저, 저, 저, 저……"

팔도건강원이 엎어지는 천냥백화점에 걸려서 바닥으로 나동그라진 것은 거의 순간적으로 일어났다. 그 광경을 지켜보고 있던 사람들은 웃어야 할지, 울어야 할지 반쯤은 벌린 입을 다물지 못하고 있었다. 시장 안에서 가장 나이가 많은 청산상회 남편이 혀를 차는 소리가 침묵을 깨트리자, 사람들은 약속이나 한 것처럼 일제히 웃음을 터트렸다.

"젠장! 쌈 말리려다 턱쪼가리 아작 날 뻔했네."

천냥백화점이 옷을 털고 일어나서 턱을 문지르며 안도의 한숨을 내쉬었다.

"저 혼자 잘 먹고 잘 살겠다는 놈들이 큰소리치는 꼴 보기 싫으면 당장 이민을 가든지 해야지 열 받혀서 못 살겠네……"

천냥백화점보다 늦게 일어난 팔도건강원은 생각 같아서는 현대슈퍼의 멱살을 움켜잡고 보기 좋게 빰을 올려붙이고 싶었다. 하지만 졸지에 나동그라졌다가 일어나니까 맥이 빠져서 현대슈퍼를 노려보는 것도 귀찮았다.

"자! 자! 서로 첨보는 사이도 아니잖아, 시장 바닥에서 십 수 년간 아침저녁으로 보며 살아 온 사람들끼리 서로 안 볼 것처럼 얼굴 붉히지 말고 내 말 좀 들어 봐."

팽 회장이 다시 박수를 쳐서 산만해진 분위기를 사로잡았다.

"문제는 천득이 아닙니까?"

"맞습니다. 천득이가 오기 전에는 변동시장 인심이 오늘날처럼 사납지는 않았습니다. 요즘은 육칠십년 대 사방각지에서 몰려 온 철거민들이 모여 사는 산동네 인심 저리가라니, 이거야 원."

누군가가 대뜸 던지는 말에 잉꼬떡집이 토를 달았다.

"모든 원인은 천득이를 독점하려는 데 있는 것 같습니다. 그래서 하는 말인데, 앞으로는 어떠한 일이 있더라도 천득이를 삼십 분 이상은 붙잡아 두지 마는 걸로 결정을 합시다. 어때요?"

생선가게 주인이 좌중을 돌아다보며 말했다.

"에이, 삼십 분은 너무한다. 삼십 분씩이면 하루 여덟 시간 일을 한다고 쳐도 한 시간에 이천 원씩 해서 이팔이 십육, 만 육천 원 벌이나 되잖아. 한 달이면 삼십만 원하고, 삼육 십팔이면 거의 오십 만원 벌이나 되면 나보다 수입이 낫네. 세금을 내나, 밥을 사 먹나, 담배를 사 피우나, 제 돈 주고 술을 마시나……"

대영상회가 현대슈퍼를 바라보며 눈을 찡긋거렸다.

"돈 주고 여자를 사나?"

현대슈퍼가 대영상회의 말을 끊으며 하는 말에 모두가 와르르 웃기 시작했다.

"근데, 천득이 그놈이 여자를 알기는 알까?"

잉꼬떡집이 갑자기 웃음을 멈추고 두 눈을 반짝거렸다.

"에이, 덩치만 산만큼 컸지 그건 모르는 것 같더라구. 언젠가 순댓국집에서 보니까 여자들이 엉덩이를 툭툭 쳐도 파리만 바라보고 있던데 뭐."

천냥백화점이 당치도 않은 말 하지도 말라는 표정으로 대꾸했다.

"자! 자! 지방 방송국은 끄고 빨리빨리 회의를 진행합시다. 삼십 분은 너무 짧으니까 한 시간으로 하자는 말에 반대하시는 분 손 들어 봐요."

팽 회장은 벽에 걸려 있는 시계를 바라봤다. 여름밤이 짧다고 하더니 별다른 진척이 없는데도 시간은 아홉시를 향해 달리고 있었다. 잔기침을 하고 나서 조금은 목이 잠긴 목소리로 말했다.

여기서 잠깐!

행동 중에 특이한 습관, 틱 습관을 예로 들어보자. 가끔 눈을 깜박깜박거린다든지, 자주 입술을 핥는다든지, 킁! 킁! 하고 콧바람을 내뿜는 행동은 성격을 창조하는 데 매우 중요하게 작용한다. 그렇다고 해서 무조건 습관을 부여하면 오히려 스토리를 전개해 가는 과정에 해가 될 수도 있다.

습관은 성격과 성별과 연령과 직업에 따라서 다르다. 예컨대 아나운서에게 눈을 깜박거리는 습관이 있을 수는 없다. 행동창조에서 혀로 입술을 핥는다는 묘사를 할 때는 몹시 긴장을 하고 있거나, 초조하게 무엇인가를 기다리고 있을 때이다. 그런데 사기꾼으로 등장한 인물이 자주 혀를 핥는 습관이 있다면 무리한 설정이 될 것이다.

- **불량배** : 그는 소주를 홀짝 마시고 나서 빈 잔을 깨버릴 것처럼 거칠게 탁자에 내려 놓았다. 절반 정도 피우던 담배를 바닥에 버리고 구두 뒷굽으로 천천히 짓눌렀다.
- **지적인 사십 대 남자** : 그는 그녀를 지그시 응시하면서 재떨이에 담뱃재를 톡톡 털었다. 그녀가 화난 표정으로 노려봤지만, 그녀가 화를 내는 이유를 알 것 같다는 얼굴로 부드럽게 웃었다.
- **사기꾼 같은 남자** : 그는 연신 사방을 두리번거리면서 작은 목

소리로 속삭이기 시작했다. 상대방 수긍을 하겠다는 얼굴로 고개를 끄덕거리자 잘게 웃으며 다리를 달달 떨었다.

- 서정적인 여자 : 그녀는 커피잔을 천천히 내려놓으면서 시집의 표지를 덮었다. 창문 밖으로 시선을 돌려서 낙엽이 팔랑 떨어지는 창밖을 조용히 응시한다. 그녀의 시선이 닿은 곳에서는 고추잠자리가 갈대에 앉아 졸고 있었다.
- 늙은 호스티스 : 담배를 비벼 끈 그녀는 길게 하품을 하며 소파에 등을 기댔다. 다리를 턱 꼬고 앉아서 팬티를 드러내고 그 남자를 바라보는 눈이 몹시 지쳐 보인다.

9단계: 배경에 색칠하기

1. 배경 창조하기

요즈음 광고 사진이나 난이도가 있는 영화를 찍을 때 컴퓨터 그래픽(computer graphics)을 많이 사용한다. 흔히 CG 작업이라고 하는 컴퓨터 그래픽은 컴퓨터를 이용하여 그림을 그리는 분야로 키보드 및 입력 장치를 이용, 도형을 형성하는 데이터를 저장한 다음 매개변수를 바꾸어 가면서 도형을 임의로 그려낼 수 있다. 컴퓨터 그래픽은 3차원 물체를 표현하는 것은 물론, 사람의 눈으로 확인할 수 없는 우주의 구조나 미지의 세계에 대한 형상, 상상의 세계를 표현할 수 있어 영화 및 애니메이션 분야에 광범위하게 이용되고 있다.

당신이 쓴 소설에는 이미 배경이 있다. 엄밀히 말하면 배경은 배경이되 등장인물만 출연하고, 등장인물 뒤에는 파란색 장막이 있는지도 모른다. 등장인물만 드러내고 다른 배경, 이를테면 농촌, 사무실, 아파트 등으로 얼마든지 대체가 가능하다는 것이다.

이쯤에서 살펴보자면, 소설을 쓰는 재미는 어디에 있을까? 등장인물을 창조하고 배경을 만들고 사건을 만드는 것 모두 재미가 있다. 그러나 진정한 재미는 배경을 창조할 때 솟는다. 그럴 수밖에 없는 까닭은 캐릭터의 한계가 인간의 범위를 벗어날 수 없다는 점에 있다. 사건 또한 허무맹랑한 사건을 소설에 도입하기에는 무리가 있다.

배경은 작가가 전지전능하게 자신의 의도대로 창조해 낼 수 있다. 사하라 사막에 초가집을 지을 수도 있고, 알래스카 얼음 위에 카페를 차릴 수도 있다.

케니(William Kenney)의 『소설분석론』에서는 배경을 자연적 배경, 사회적 배경, 시간적 배경, 정신적 배경으로 분류한다. 필자는 여기에 '상황적 배경'을 첨부하고 싶다.

① 자연적 배경 : 지리학적 장소 또는 실내의 세부적 묘사 장면

Tip

청산상회 남편은 술청 앞으로 가서 남은 돼지머리고기 두어 점을 손으로 집어 한꺼번에 소금을 묻혔다. 소금덩어리가 씹히는 느낌이 들면서 몹시 짜다. 얼굴을 찡그리며 문 앞으로 가서 멈췄다. 돼지머리고기를 우물우물 씹으며 하늘을 본다. 구름 한 점 없는 서쪽 하늘이 붉게 타오르고 있다. 오늘 밤도 열대야에 편하게 자기는 다 틀렸다는 생각이 든다.

바람이 불 때마다 뜨거운 기운이 얼굴을 훅훅 덮는 변동시장 안은 찜통이 따로 없었다. 난전의 상인들은 천막 밑에서 팥죽 같은 땀을 흘

리며 물건을 파느라 바쁘고, 손님이 없는 가겟집은 손뼉을 치며 호객 행위를 하느라 얼굴을 시뻘겋게 달구고, 물건 가격이 비싸니 싸니 핏대를 올리는 상인의 목소리며, 짐을 잔뜩 실은 오토바이 엔진소리에, 광약장수가 마이크로 떠드는 소리가 뒤섞여서 시장 안은 수백 마리의 매미가 한꺼번에 울어대는 것처럼 징징거렸다.

② 사회적 배경 : 인물이 생활해 나가는 직업 및 그 양태

Tip

사내는 어깨를 약간 숙인 자세로 허리를 움츠린 채, 관절염에라도 걸린 것처럼 무릎을 완전히 펴지를 않았다. 로봇처럼 무릎을 약간 구부린 각도를 유지하며 발바닥은 땅을 슬쩍슬쩍 스치는 것처럼 걸었다.

구경꾼들의 입이 딱 벌어질 정도로 큰 발에는 샌들을 신었다. 샌들은 시장 안의 신발가게나 구두점에서 파는 것이 아니다. 타이어 고무 같은 재질을 발 크기로 오려서 바닥을 만들고 적당한 굵기의 밧줄로 발걸이만 대충 만든 것으로 조잡하기 이를 데 없었다.

샌들을 신은 발이 바닥에 닿는 모양도 보통사람들과 달랐다. 보통사람들처럼 발 앞꿈치가 먼저 바닥에 닿은 다음에 뒤꿈치를 내리는 순서가 아니다. 발바닥 전체가 한꺼번에 지면에 닿는 통에 이제 걸음마를 배우는 아이들이 걸을 때처럼 척척 소리가 났다. 게다가 턱을 앞으로 살짝 내민 자세로 걷는 모습이 우스꽝스럽기까지 했다.

삽시간에 모여 든 수십 명의 구경꾼들은 그 기묘한 커플이 어디에서 갑자기 나타났는지를 두고 설왕설래를 하기 시작했다. 청산상회 남편이 소주 냄새를 풀풀 풍기면서 시장 입구 쪽에서 걸어오는 것을 봤다고 점잖게 말했다. 그러자 시장초입에서 천안상회라는 양품점을 하는 엄 사장은 그럴 리가 없다, 만약 그렇다면 내가 못 봤을 리가 없다며 청산상회 남편의 주장을 뭉개버렸다. 천안상회 옆에서 천냥백화점을 하는 최 사장은 가만히 생각해 보니까 가게 앞을 지나가는 모습을 본 것 같기도 하다면서 청산상회 편을 들어 주었다. 누군가는 어젯밤에 아무도 모르게 이 시장 안으로 들어와서 어딘가 숨었다가 이제야 나타난 것이 아니냐며 목소리를 줄여 말했다. 또 다른 사람은 그럼 하늘에서 떨어진 것이냐고 맥없이 물었다. 그때까지 천안상회를 째려보고 있던 청산상회 남편이, 만약 시장 입구 쪽에서 걸어 들어오지 않았다면 내 손바닥으로 장을 지지겠노라며 땡볕에 익어서 바짝 마른 땅에 가래침을 칵 뱉었다.

③ 시간적 배경 : 사건이 발행하는 시간, 시대적 상황이나 배경

하루, 이틀, 닷새가 지나는 사이에 천득은 아침이면 출근을 하듯 시장에 모습을 드러냈다.

시장만큼 정보가 활발하게 유통이 되고 있는 곳은 드물다. 오만가지 상품을 다양하게 팔고 있어서 유사업종끼리만 교환이 되는 정보가 있기는 하지만, 이익이나 매출과 관련된 정보는 업종에 관계없이 댓바람에 퍼져 나간다. 생선을 한 마리씩 파는 것보다 묶음으로 파는 것이 매출과 이익의 향상을 가져 올 수 있다는 정보는, 생선가게에만 국한되지 않는다. 채소가게, 그릇가게며 과일가게 심지어는 정육점에서도 한 근씩 끊어 파는 것보다 세 근에 얼마씩 파는 것이 보편화될 정도로 이익과 관련된 정보는 업종에 상관없이 빠르게 퍼져나간다.

천득이가 중앙상회에 이어서 잉꼬떡집에서도 돈 천원을 받고 쌀부대를 옮겨주었다는 소문도 파다하게 퍼져 버렸다. 원래 소문은 전염병 같아서 시간이 흐를수록 들불처럼 커져 가는 법이다. 중앙상회 앞의 1톤짜리 냉동탑차는 5톤 트럭으로 변했고, 잉꼬떡집에서 쌀 몇 부대는 수십 부대로 부풀려서 빠르게 퍼져 상인들의 귀와 입을 즐겁게 했다.

④ 정신적 배경 : 인물들의 종교적, 도덕적, 지적, 사회적, 정서적 배경

Tip

오대수는 냉장고에서 소주를 꺼내들고 돌아섰다. 무심코 거리를 바라보니까 천득이 비를 맞으며 태엽을 감아 놓은 병정인형처럼 척척 걸어가고 있는 모습이 보였다. 대낮부터 혼자 술 마시는 것이 심심

했는데 잘 됐다는 얼굴로 고함을 쳤다.
“어디 갔다 오냐?”
“배……백조여관, 싸……쌀 배달.”
천득이 과일 백화점 안으로 들어가서 얼굴의 빗물을 손바닥으로 훔쳐내며 더듬거렸다.
“오늘 같은 날은 배달비를 따불로 받아야 되는 거 아니냐.”
오대수는 일회용 종이컵 가득 소주를 따라서 천득에게 내밀었다.
“따……따불?”
“오늘처럼 비가 오는 날은 천 원씩 받지 말고 이천 원씩 받으란 말야. 아쉬운 놈이 우물 판다고 이천 원으로 올려도 심부름 시킬 놈은 시키게 되어 있거든.”
오대수는 천득이 그냥 말하면 이해를 못 할 것 같아서 천 원짜리 두 장을 펼쳐 보이며 말했다.
“드……등신, 천 원이여. 천 원!”
“어이구, 너 같은 놈한테 재테크 비결을 알려 줘 봐야. 나만 등신 소리 듣지. 술이나 처먹어 인마.”
오대수는 한심하다는 표정으로 천득을 바라보던 시선을 거두고 종이컵 가득 따랐다. 과일가게라서 안주는 지천으로 깔려 있다. 천득의 몫으로는 물러 터져서 팔 수 없는 사과를 내밀었다. 자기는 바나나 송이에서 한 개를 뚝 따서 껍질을 까며 침상에 걸터앉았다.

⑤ 상황적 배경 : 작품의 독특한 분위기와 흐름을 결정하는 배경.

Tip

쌀 포대 위에 양반다리를 하고 앉아 있는 변동 정육점 주인이 술기운이 있는 목소리로 말을 해도 어느 한 명 반박하는 이가 없었다.

"박 사장, 인생을 그렇게 사는 것이 아냐. 박 사장이야말로 요즘 중국산 냉동 개를 국산으로 속여서 개소주 만들어 파느라 밤새는 줄 모른다고 하지만, 내가 언제 그것 때문에 박 사장 인간성 더럽다고 욕하는 거 봤어?"

현대슈퍼는 자신을 두둔하는 사람들의 말을 듣고 나니까 팔도건강원이 갑자기 가소로워졌다. 피식 웃기까지 하면서 어린애 부숭하는 목소리로 말했다.

"야! 너 참말로 뜨거운 맛 좀 볼래!"

팔도건강원이 더 이상 참을 수 없다는 얼굴로 고함을 지르며 몸부림을 쳤다.

"허! 잘하면 토막 내서 개소주로 만들겠다는 기세네."

현대슈퍼는 가소롭다는 얼굴로 콧방귀를 끼며 피식 웃었다.

"너, 이 새끼 더 이상은 못 참아!"

팔도건강원은 화가 머리 꼭대기까지 치솟는 것을 느끼며 앞으로 뛰어 나갔다.

"어어! 참아요."

팔도건강원 옆 자리 의자에 앉아 있던 천냥백화점이 팔도건강원 앞을 가로막는다는 것이 발을 잘못 디뎌서 엎어지고 말았다. 팔도건강원은 천냥백화점 등을 타고 반원을 그리면서 나동그라졌다.

"저, 저, 저, 저……"

팔도건강원이 엎어지는 천냥백화점에 걸려서 바닥으로 나동그라진 것은 거의 순간적으로 일어났다. 그 광경을 지켜보고 있던 사람들은 웃어야 할지, 울어야 할지 반쯤은 벌린 입을 다물지 못하고 있었다. 시장 안에서 가장 나이가 많은 청산상회 남편이 혀를 차는 소리가 침묵을 깨트리자, 사람들은 약속이나 한 것처럼 일제히 웃음을 터트렸다.

위에서 본 것처럼 배경은 사건과 등장인물을 입체적으로 세워주는 역할을 한다. 따라서 인물과 사건의 기본적인 제약 조건이 된다. 배경의 구성 요서는 인물이 행동하고 사건이 일어나는 기대나 시간을 말한다. 시간에 배경의 중점을 둔 소설은 주로 시간에 따라 사건이 발생하고 주인공의 운명이 변화해 나가기 마련이다.

2. 배경의 종류

행동과 사건이 일어나는 자연환경이나 생활환경은 공간이다. 배경의 중점을 공간에 둔 소설은 의식이 불분명한 대신 환경과 갈등관계에 있는 인물의 성격을 그린다. 성격소설이 그것이다. 윌리엄 새커리의 『허영의 시장』* 등이 성격소설에 속한다.

성격소설은 등장인물의 성격을 탐구하는 소설이다. 사건은 전형적이고 보통의 것이고, 등장 인물에 대하여 좀 더 설명하고 또는 새 인물을 도입하는 것이 우선으로 되어 있다. 또 성격 소설은 극적 소설과 대조를 이루는데 성격 소설은 공간적이고 극적 소설은 시간적이다. 성격 소설이 생활의 양상을 그린다면 극적 소설은 체험의 양상을 형상화한다.

소설 쓰기에서 배경은 매우 중요하다. 다음 작품을 통해서 배경을 더듬어 보자.

① 자연적 배경

자연적 배경은 소설의 무대가 도시인가 산골인가 바닷가인가를 말한다. 단순히 지리적 여건을 떠나서 집, 카페, 사무실, 거리, 자동차 안 등도 자연적 배경에 속한다. 자연적 배경은 세부 묘사가 필요한 만큼 주관적 묘사에 충실해야 한다. 객관적 묘사로 그친다면 수채화를 그리는 데 연필로 스케치만 한 그림을 볼 때처럼 그림의 형태는 알 수 있겠지만, 화가가 지향하는 작품세계는 알 수 없을 것이다.

---

* 『허영의 시장』, 윌리엄 새커리(동서문화사, 2012): 1820년대를 배경으로 두 여자의 얽히고설킨 운명을 그리면서 인간의 허영과 그 무렵 사회를 통렬하게 풍자한 작품이다.

바다가 갈라지며 길이 드러난다. 오후 여섯시면 사라질 잠시 동안의 길이. 내 앞에 나타난 길을 나는 처음인 듯 한동안 굽어보다 조심스레 길 위로 차를 몰았다. 물이 나간 자리에 남은 자갈들이 차바퀴에 깔리는 소리가 자그락자그락 울렸다.

낡은 차는 금방이라도 설 듯 끼륵거리면서도 용케 좁은 시멘트 길을 따라 굴러간다. 저만치에서 경운기가 한 대 느릿느릿 다가왔다. 차 옆을 지나칠 때, 경운기 위의 남자가 손을 내저으며 휘익, 휘파람을 불었다. 사내의 검은 머리가 휘파람을 타고 나부꼈다.

길은 비어 있었지만 내게는 길 위에 넘나들던 파도가 그대로 덮여 있는 것처럼 보였다. 그 파도가 지나간 자리에 남겨진 포말과 낡은 배의 바닥을 쓸어내던 늙은 어부의 빗질 소리, 군인들이 술 취해 부르던 노랫가락들이 섬 구석구석 깔린 부서진 조개껍질의 하얀 잔해의 영상과 겹쳐지며 차례로 눈앞에 떠올랐다.

그 사이 바뀐 계절 탓인가, 섬은 지난번 보았을 때와는 어딘가 다르게 느껴졌다. 계절 탓이라니…… 나는 빈 옆자리를 돌아다보며 남은 길을 천천히 따라갔다.

길이 다하는 곳에 서 있는 검은 새시로 된 집. 먼지 낀 유리 너머로 사내 하나가 흘낏 고개를 들고 나를 보았다. 천원짜리 한 장을 내밀고 나는 사내의 손에 들린 표를 넘겨받았다. 자연을 보호합시다. 이곳 제부도……희끄무레한 섬의 전경이 인쇄된 작은 쪽지 뒷면에는 깨알 같은 글씨가 가득 적혀 있다.

— 서하진의 『제부도』* 첫머리

서하진의 『제부도』는 제목 그대로 제부도의 풍경을 주관적으로 잘 표현한 작품이다.

② 사회적 배경

사회적 배경은 인물의 사회성을 말한다. 당신이 쓰고자 하는 소설의 주인공 박현준은 재벌그룹사의 보험회사 직원이다. 우리나라에서는 보험맨에 대한 인식이 썩 좋은 편은 아니지만 선진국에서는 화이트칼라의 상징이다. 박현준은 항상 정장을 입고 출근을 할 것이고, 선술집보다는 카페나 와인바를 즐겨 찾을 것이다. 만약 하루 벌어 하루 먹고 사는 노동자가 등장인물이라면 포장마차를 찾거나, 공원 같은 곳에서 쥐포를 안주 삼아 술을 마실 것이다. 사회적 배경이란 이처럼 등장인물이 살아가는 양태를 말한다.

어머니는 역시 글을 쓰는 것보다는 월급쟁이가 몇 갑절 낫다고 생각하고, 그리고 그렇게 재주 있는 내 아들은 무엇

---

* 서하진의 단편 『제부도』는 절망한 자가 사랑을 찾는 의식으로 귀환하는 과정을 그린 작품이다.

을 하든 잘하리라고 혼자 작정해 버린다. 아들은 지금 세상에서 월급 자리 얻기가 얼마나 힘드는 것인가를 말한다. 하지만 보통학교만 졸업하고도 고등학교만 나오고도, 회사에서 관청에서 일들만 잘하고 있는 것을 알고 있는 어머니는, 고등학교를 졸업하고도, 또 동경엘 건너가 공불하고 온 내 아들이, 구하여도 일자리가 없다는 것이 도무지 믿어지지가 않았다.

구보는 집을 나와 천변 길을 광교로 향하여 걸어가며, 어머니에게 단 한마디 '네' 하고 대답 못했던 것을 뉘우쳐 본다. 하기야 중문을 여닫으며 구보는 '네' 소리를 목구멍까지 내어 보았던 것이나, 중문과 안방과의 거리는 제법 큰소리를 요구하였고 그리고 공교롭게 활짝 열린 대문 앞을, 때마침 세 명의 여학생이 웃고 떠들며 지나갔다.

그렇더라도 대답은 역시 하여야만 하였었다고, 구보는 어머니의 외로워할 때의 표정을 눈앞에 그려본다. 처녀들은 어느 틈엔가 그의 시야에서 사라졌다.

구보는 마침내 다리 모퉁이에까지 이르렀다. 그의 일 있는 듯싶게 꾸미는 걸음걸이는 그곳에서 멈추어진다. 그는 어딜 갈까 생각하여 본다. 모두가 그의 갈 곳이었다. 한 군데라도 그가 갈 곳은 없었다.

한낮의 거리 위에서 구보는 갑자기 격렬한 두통을 느낀다. 비록 식욕은 왕성하더라도, 잠은 잘 오더라도, 그것은 역시 신경쇠약에 틀림없었다.

— 박태원의 『소설가 구보 씨의 일일』* 중에서

어머니의 말을 잘 듣는 선량한 인텔리 소설가의 성격을 잘 묘사했다. 구보는 나약하지만 결코 세상과 타협을 하지 않으려는 고집도 있다.

③ 시간적 배경

시간적 배경은 사건이 일어나는 시간을 말한다. 만약 당신이 소설을 현재 시점으로 집필하고 있다면 시간적 배경은 현재가 되는 것이다. 조선시대의 인물을 중심으로 소설을 쓴다면 시간적 배경은 조선시대로 거슬러 올라간다. 당신이 태어나고 어린 시절을 보낸 고향 풍경을 무대로 한다면 시간적 배경은 70년대나 60년대로 거슬러 올라갈 것이다.

한규직이 돌아가는 길로 매월은 서사를 송파로 보내었다. 송파로 간 서사는 조성준을 만나서 천소례와 월이가 시구문 밖 석쇠의 집에 거접하고 있다는 소식을 듣고 쉴참도 없이 곧장 뗏배를 얻어 타고 세철리로 건너갔다. 시구문 밖에 당도하였을 때에는 늦봄의 긴긴 해도 일색이 다해서 해 질 녘

* 박태원의 중편소설 『소설가 구보씨의 일일』은 1930년대 무기력한 문학인의 눈에 비친 일상사 및 이상과 현실의 갈등을 그린 작품이다.

이 되었다. 석쇠의 집에서 두 여자를 안동해서 북묘에 당도 한 것이 초경(初更) 술시(戌時)가 넘어서였다. 매월이 방으로 들어섰으나 매월은 사람을 불러놓고도 크게 반기는 기색도 없이 손짓으로만 앉으라는 시늉이었다.

"요사이 어떤가? 천행수가 금부 남간에 갇혀 있다는 소식은 진작 들었네만 어찌 내겐 소식들을 끊고 지내게 되었는가."

"마님 죄만스럽습니다. 더 이상 마님께 폐단이 되어서는 안 된다는 심정으로 하루에도 골백번 찾아뵙고 하소연하고는 싶었습니다. 그러나 뵙지 못했던 쇤네들의 심회도 헤아려주시기 바랍니다."

"그야 내가 모를 턱이 있겠나. 그러나 우리들 사이란 촌내(寸內)와 다를 바 없는 처지들인데 그리하면 못쓰네. 마침 오늘 새벽 소식 듣자 하니 놀랍게도 부대시수로 바꾸라는 전교가 내렸다 하니 이런 낭패들이 어디 있겠나."

두 여인이 아무런 대꾸도 없었다. 아이가 벌벌 기어서 보료에 앉아 있는 매월이에게로 다가가더니 덥석 안기는 것이었다. 매월이가 아이를 번쩍 안아 올리자 아이는 갸륵갸륵 웃는 것이었다.

— 김주영의 『객주』* 중에서

---

* 김주영의 대하역사소설 『객주』는 19세기 말 보부상을 중심으로 민중들의 삶의 애환을 담은 방대한 양의 소설이다.

김주영의 『객주』는 19세기 말인 1800년대의 대화와 '풍속도' 등 종합적인 생활풍습을 묘사했다.

④ 정신적 배경

정신적 배경은 등장인물의 종교적, 도덕적, 지적, 사회적, 정서적 배경이다. 등장인물이 신부나 스님이라면 두말할 나위도 없고 기독교인이라면 기독교인처럼 묘사를 해야 한다. 선인과 악한, 지적 능력이 있는가 없는가에 따라서 등장인물의 정서도 각각 다르게 묘사를 해야 한다.

> 김만필(金萬弼)을 태운 택시는 웃고 떠들고 하며 기운 좋게 교문을 들어가는 학생들 옆을 지나 교정을 가로질러 기운차게 큰 커브를 그려 육중한 본관 현관 앞에 우뚝 섰다. 그의 가슴은 벌써 아까부터 두근거리기 시작하였다. 오늘은 그가 일 년 반 동안의 룸펜생활을 겨우 벗어나서 이 S전문학교의 독일어교사로 득의의 취임식에 나가는 날인 것이다. 어른이 다 된 학생들의 모양을 보기만 해도 젊은 김강사의 가슴은 두근두근한다. 저렇게 큰 학생들을 앞에 놓고 내일부터 강의를 시작하는 것이로구나 하고 생각하니 근심과 기쁨에 뒤섞여 가만히 있을 수 없는 것이었다.
>
> 세물내온 모닝의 옷깃을 가다듬고 넥타이를 바로잡아 위의를 갖춘 후에 그는 자동차를 내렸다. 초가을 교외의 아침

신선한 공기와 함께 그윽한 나후다링의 값싼 냄새가 코밑에 끼친다. 그는 운전사에게 준 돈을 거스를 필요 없다는 의미로 손짓을 하고 무거운 정문을 열고 안으로 들어갔다. 수부(受付)에서 교장실을 묻고 복도를 오른편으로 꺾어 둘째 번 도어 앞에 섰다.

— 유진오의 『김강사와 T교수』* 중에서

문학사 김만필은 동경제국대학 독문학과를 우수한 성적으로 졸업한 수재이며, 학생 시절에는 한때 문화비판회의 멤버 중 하나로 적지 않은 경력을 가진 인물로 묘사되고 있다.

⑤ 상황적 배경

작품의 성격이 해학적이냐 비극적이냐 아니면 공포스럽냐에 따라서 작품의 분위기는 달라질 것이다. 예컨대 해학적인 소설의 배경이 되는 무대가 드라큘라성이라면 음산한 분위기보다는 코믹한 분위기로 만들어야 한다. 비극적인 소설이면 비, 안개, 바람, 밤 등의 장치를 통해서 우울한 분위기를 묘사해야 한다.

창문을 뚫고 온 푸른빛이 방안을 가득 채웠다. 번쩍 깨어 기지개 크게 켠 뒤에 문을 열고 나서려던 대춘은 하마터면

* 유진오의 단편소설 『김강사와 T교수』는 일제하 지식인의 현실타협적인 나약함과 정신적 갈등을 그린 소설이다.

고꾸라질 뻔했다. 뭐가 발목에 걸려 있었다.

"또 안 깨우려고 했지?"

서해가 비몽사몽하면서도 눈을 비비적대며 하는 소리였다. 대춘의 굵은 발목과 서해의 얇은 발목은 운동화 끈으로 묶여 있었다. 서해는 참으로 오지 않는 잠을 청하고 청한 끝에 반 시간 전에야 겨우 잠들었었다. 묶어놓기를 얼마나 잘했는가.

서해는 졸면서 먹었다. 숟갈을 콧구멍으로 들이민 게 한두 번이 아니었다. 양규는, 성질 같아서는 밥상머리에서 웬 구접스러운 짓거리냐고 면박을 주고 싶었지만 꾹 참아내고 있었는데, 거듭 바라보자니 미운 짓마저 흔쾌해져 허허 웃음이 솟구치는 것이었다.

순이도 색시가 밥 먹는 꼴을 보고 있자니, 저게 며느리 돼도 골치 아프겠다는 염려를 잠깐이나마 하지 않을 수 없었는데, '뭐 나는 시집오기 전에 농사짓는 집구석이 이르케 일찍 아침 공양하는 줄 알았간디. 한두달이면 바로 습관이 밸 거니께, 그건 헛걱정이여' 생각을 고쳐먹었다.

대춘은 경운기에서 로터리를 떼어내느라 나사와 씨름이었다. 감을 때보다 풀 때가 더 힘이 든다니까.

"이게 농사일이야?"

딴에는 일복으로 차려입은 모양이었다. 서해는 아래위 새하얀 트레이닝복 차림에, 운동화까지 하얀색이었다. 비싸기

로 유명한 상표가 찍힌 것으로 보아 돈 십만원은 우습게 넘
는 복색인 듯했다.

— 김종광의 『모내기 블루스』* 중에서

농촌의 현실은 『모내기 블루스』의 장면처럼 밝고 희망적이지는 않다. 그러나 해학적인 분위기의 소설이라 등장인물들은 물론이고 배경 묘사도 희망적으로 묘사를 했다.

⑥ 배경을 묘사할 때 지켜야 할 점

소설은 무조건 재미있어야 한다. 독자들은 홍수처럼 쏟아져 나오는 소설책 때문에 쉽게 짜증내고 쉽게 권태를 느낀다. 재미있게 읽히는 작품의 대부분은 배경도 기억이 남을 만큼 훌륭하다. 잘 팔리는 소설의 배경이 실제로 관광명소가 되는 경우도 흔하다.

소설의 배경은, 즉 작품의 무대가 되는 곳은 어촌이나 탄광지역, 사막 등 지리적 장소이거나, 조선시대나 삼국시대 등 시대적 문화, 혹은 등장인물이 속해 있는 어떤 회사나, 교회, 군대, 학교가 될 수도 있다. 더 심층적으로 들어가자면, 같은 광부라도 막장에서 탄을 캐내는 선산부인가, 아니면 그 뒤에서 운반을 하는 후산부인가 하는 기술적인 문제로 세분화될 수도 있다.

소설의 배경을 정할 때는 당신이 가장 잘 알 수 있는 지역을 선택

* 김종광의 단편소설 『모내기 블루스』는 농촌의 힘든 노동 현실을 해학적으로 묘사한 작품이다.

해야 한다.

만약 당신이 목적소설의 원고를 의뢰받고 광부를 소재로 한 소설을 집필할 계획이라면 적어도 광부들의 일상에 관한 자료를 면밀하게 검토한 후 집필에 들어가야 한다. 배경을 묘사할 때는 현실감을 주기 위해 가능한 한 당신이 현실 세계에서 추려낼 수 있는 모든 자료를 소설에 사용해야 하기 때문이다.

여기서 잠깐!

소설은 거짓말이지만 자연적 배경은 거짓말을 해서는 안 된다.

당신은 뭔가 특이한 소재로 소설을 쓰기 위하여 특이한 배경을 구하고 있다고 치자. 당신이 집필하고자 하는 소설 무대가 타조사육장으로 가정을 했을 때이거나, 멸치잡이 어선일 때도 마찬가지다. 당신은 타조사육가나, 멸치잡이 어부도 당신의 소설을 읽을 것이라는 것을 염두에 두고 배경 묘사를 해야 할 것이다. 아무리 사소한 점이라도, 그것을 알고 있는 독자가 '이건 거짓말이다'라고 비웃음을 터트리게 되면 당신의 작가 인생은 불을 보듯 뻔하다.

예를 들어보면, 당신은 단 한 번도 부두의 새벽 어시장에 나가 보지 않았다. 하지만 영화에서나 소설, 혹은 텔레비전 화면에서 새벽 어시장에 관해 간접경험을 한 적은 있을 것이다. 그런 당신의 소설 무대에 새벽 어시장이 나온다면, 당신의 간접경험에 상상력을 덧붙여서 스케치를 하듯 묘사를 하면 된다. 그러나 확실하게 알지도 못하고 새벽 어시장에 멸치가 나온다거나, 김이 나온다는 등 전혀 엉뚱한 상상을 묘사하는 것은 금물이다.

10단계: 시점 통일하기

지금까지 쓴 스토리의 시점을 통일하기 전에, 시점과 거리부터 먼저 짚고 넘어가기로 하자.

소설은 무엇인가? 서술자가 독자에게 전하는 이야기다. 시점(視點, point of view)은 등장인물 및 사건을 바라보는 서술자의 위치와 각도를 말한다. 즉, 서술자가 작품 속의 사실을 어디에서 얼마만큼 관찰하고 전달하느냐에 관한 서술자의 위치를 말한다. 따라서 소설의 시점은 서술자가 소설 속에 있는지 소설 밖에 있는지, 서술자가 인물의 내면까지 볼 수 있는지 없는지에 따라 달라진다.

처음 소설을 쓸 때 가장 신경을 자극하는 것이 '시점'이다. 시점을 틀리지 않으려고 집중하다 보면 스토리가 이어지지 않는다. 시점은 나중에 수정하기로 하고 스토리를 이어가려고 생각해도 시점 때문에 좀처럼 집중이 되지 않는다.

시점에 혼란스러움을 겪는 이유 중 하나는 일반 소설작법에서 시점 문제를 다분히 학문적으로 접근해, 몇 가지 예만 보여주는 경우가 많은 이유도 한 몫을 한다.

시점은 카메라로 예를 들면 간단하다.

내가 카메라의 파인더를 통해 세상을 바라보면서 내 느낌을 그대로 독자들에게 전달해 주면 1인칭 주인공 시점이다.

예를 들어서 카메라를 소설 속의 "나"만 들고 촬영을 한다고 가정을 해 보자.

"매우 아름다운 여인이다. 눈매가 어머니의 젊은 시절 사진을 닮아서인지, 나는 그녀의 사진을 평생 동안 간직할 것만 같은 생각이 들어서 가슴이 떨렸다."라고 서술하면 1인칭 주인공 시점이다.

"매우 아름다운 여인이다. 무엇을 생각하고 있는지 모르지만 서늘해 보이는 눈매에 슬픔 같은 것이 배어 있었다." 이건 1인칭 관찰자 시점이다.

이번에는 카메라를 등장인물 모두가 들고 촬영을 하는 경우다. 모 방송사에서 방영하고 있는 프로그램 중에는 카메라 7대를 들고 어느 한 곳을 각각 다른 각도로 촬영해서 내보내는 프로그램도 있다.

1번 카메라: "매우 아름다운 여인이다. 그러나 다분히 바람기가 있어 보이는 면도 없지는 않다. 그래서일까, 결혼보다는 연애가 먼저 생각나게 만드는 여인처럼 보였다."

2번 카메라: "매우 아름다운 여인이다. 눈매가 커서 서구적으로 보이는 이미지가 물씬 풍긴다." 이처럼 카메라를 통해서 본 느낌을 자의적으로 해석하고 서술하면 전지적 작가 시점이다.

1번 카메라: "매우 아름다운 여인이다. 바람이 동쪽에서 불어왔다. 여인의 머리카락도 동쪽으로 나부끼고 있었다."

2번 카메라: "매우 아름다운 여인이다. 여자가 일어섰다. 여자는 보일 듯 말 듯한 미소를 지으며 천천히 해변쪽으로 걸어갔다." 이렇게 카메라맨 모두 객관적인 측면만 서술하면 작가 관찰자 시점이 된다.

이처럼 서술자의 소설 안에서 어떠한 위치(내면까지 드러내느냐, 드러내지 않느냐)에 따라서 카메라가 어떤 각도(겉모습만 찍느냐, 겉모습은 물론이고 의식까지 읽어 내느냐)에 따라서 시점이 달라진다. 정리를 해 보자.

① 1인칭 주인공 시점은 주인공인 '나'가 내 이야기를 하는 시점이다. 1인칭 주인공 시점은 내가 직접 겪은 이야기를 해 주기 때문에 비교적 묘사나 의식의 흐름 같은 것을 세밀하게 설명해 줄 수 있기 때문에 독자들에게 친근감을 준다.

Tip

이튿날이다.

나는 좀 귀찮기는 했지만 천득이를 데리고 큰길가에 있는 핸드폰 가게로 갔다. 핸드폰 가게 주인은 내가 내미는 주민등록증을 확인하고 나서 단순하면서도 화면이 큰 핸드폰을 권유했다.

내가 천득이 대신 서류에 서명을 하고, 천득어미에게서 확인해 온 국민기초수급자와 장애인수당이 입금되는 통장 번호를 알려줬다.

"좋아, 나 이거 좋아."

핸드폰 가게를 나온 천득이는 핸드폰을 목에 걸고 어깨를 으쓱거리며 걸었다. 시장 초입에 있는 천냥백화점 앞에서 걸음을 멈췄다. 일단 교육을 시켜야 한다는 생각에 내 핸드폰으로 천득의 핸드폰 번호를 눌렀다. 천득은 걸음을 멈추고 핸드폰에서 흘러나오는 신호음 소리에 입을 딱 벌리고 웃기만 했다.

"여기서 이런 소리가 나오면 뚜껑을 열고 귀에 대란 말여."

내가 한심하다는 목소리로 말을 하며 폴더를 열고 핸드폰을 천득의 귀에 갖다 댔다.

"아여! 내 말 들려?"

"응."

천득이 귀에 대고 있던 핸드폰을 내리고 나를 바라봤다.

"이런 젠장, 팔자에 없는 조교 노릇까지 할라니까 힘들구먼. 내 말 똑똑히 들어, 여기서 아까처럼 벨소리가 들리면 이 뚜껑을 열고 귀에 대고 말을 하란 말여, 내가 다시 신호를 보내 볼 테니까, 다시 해 봐."

나는 짜증이 난 목소리로 천득을 바라보던 시선을 거두고 핸드폰 번호를 누르기 시작했다. 천득이 폴더 뚜껑을 열고 귀에 갖다 대고 눈을 껌벅껌벅거렸다. 내가 천득의 솥뚜껑 같은 손을 끌어 내리고 잠깐 기다리라고 말했다. 그 사이에 길을 가던 행인들이 하나 둘 모여 들었다.

"천득이 핸드폰 샀구먼."

"천득이 출세했네."

"천득이 성공했구먼.

"핸드폰 샀으니까 이제 애인만 있으면 되겠네."

상인들이 한마디씩 하는 말끝에 은행에 볼일을 보러 갔다가 오는 중인 시장닭집 여자가 거들었다.

"에이, 천득이는 여자 모르잖아. 그치?"

천냥백화점이 나를 뒤로 밀어내고 천득이에게 핸드폰 받는 법을 가르쳐 주다가 물었다.

"드……둥신. 우……우리, 엄마 여자, 서……선화 보살, 여자."

천득이가 나를 바라보며 한심하다는 얼굴로 웃었다.

"그려, 그려, 엄마도 여자고 선화보살도 여자지. 어이구 똑똑해라."

시장닭집이 금방이라도 천득의 엉덩이를 툭툭 쳐 줄 것 같은 목소리로 하는 말에 구경꾼들이 와르르 웃기 시작했다.

② 1인칭 관찰자 시점에서는 주인공이 따로 있다. 카메라 즉 서술자는 주인공을 따라다니면서 주인공이 하는 행동을 보여주기만 한다. 독자들은 주인공의 행동만 보고 있기 때문에, 지금 주인공이 무엇을 생각하고 있는지 알 수가 없어서 긴장감을 느낀다.

Tip

이튿날이다.

나는 천득이를 데리고 큰길가에 있는 핸드폰 가게로 갔다. 핸드폰

가게 주인은 내가 내미는 주민등록증을 확인하고 나서 단순하면서도 화면이 큰 핸드폰을 권유했다.

내가 대신 서류에 서명을 하고, 천득어미의 국민기초수급자와 장애인수당이 입금되는 통장 번호를 알려줬다.

"좋아, 나 이거 좋아."

핸드폰 가게를 나온 천득은 핸드폰을 목에 걸고 어깨를 으쓱거리며 걸었다. 시장 초입에 있는 천냥백화점 앞에서 걸음을 멈추고 내 핸드폰으로 천득의 핸드폰 번호를 눌렀다. 천득은 걸음을 멈추고 핸드폰에서 흘러나오는 신호음 소리에 입을 짝 벌리고 웃기만 했다.

"여기서 이런 소리가 나오면 뚜껑을 열고 귀에 대란 말여."

나는 폴더를 열고 핸드폰을 천득의 귀에 갖다 댔다.

"아여! 내 말 들려?"

"응."

천득이 귀에 대고 있던 핸드폰을 내리고 나를 바라봤다.

"이런 젠장, 팔자에 없는 조교 노릇까지 할라니까 힘들구먼. 내 말 똑똑히 들어, 여기서 아까처럼 벨소리가 들리면 이 뚜껑을 열고 귀에 대고 말을 하란 말여, 내가 다시 신호를 보내 볼 테니까, 다시 해 봐."

나는 천득을 바라보던 시선을 거두고 핸드폰 번호를 누르기 시작했다. 천득이 폴더 뚜껑을 열고 귀에 갖다 대고 눈을 껌벅껌벅거렸다. 천득의 솥뚜껑 같은 손을 끌어 내리고 잠깐 기다리라고 말했다. 그 사이에 길을 가던 행인들이 하나 둘 모여 들었다.

"천득이 핸드폰 샀구먼."

"천득이 출세했네."

"천득이 성공했구먼.

"핸드폰 샀으니까 이제 애인만 있으면 되겠네."

상인들이 한마디씩 하는 말끝에 은행에 볼일을 보러 갔다가 오는 중인 시장닭집 여자가 거들었다.

"에이, 천득이는 여자 모르잖아. 그치?"

천냥백화점이 나를 뒤로 밀어내고 천득이에게 핸드폰 받는 법을 가르쳐 주다가 물었다.

"드……등신. 우……우리, 엄마 여자, 서……선화 보살, 여자."

천득이가 천냥백화점을 바라보며 한심하다는 얼굴로 웃었다.

"그려, 그려, 엄마도 여자고 선화보살도 여자지. 어이구 똑똑해라."

시장닭집이 금방이라도 천득의 엉덩이를 툭툭 쳐 줄 것 같은 목소리로 하는 말에 구경꾼들이 와르르 웃기 시작했다.

③ 전지적 작가 시점은 서술자가 등장인물의 심리나 행동을 분석하여 보여 준다. 말 그대로 작가가 전지전능한 신의 입장에서 서술을 한다. 작가는 A가 될 수도 있고, B가 될 수도 있다. 또 A와 B가 현재 처한 상황까지 서술할 수 있으므로 작가의 사상과 인생관을 드러낼 수도 있다.

Tip

이튿날이다.

팔도건강원은 천득이를 데리고 큰길가에 있는 핸드폰 가게로 갔다. 핸드폰 가게 주인은 팔도건강원이 말없이 내미는 주민등록증을 확인하고 나서 단순하면서도 화면이 큰 핸드폰을 권유했다.

팔도건강원은 대신 서류에 서명을 하고, 천득어미에게서 확인해 온 국민기초수급자와 장애인수당이 입금되는 통장 번호를 알려줬다.

"좋아, 나 이거 좋아."

천득은 너무 기분이 좋았다. 핸드폰 가게를 나가며 핸드폰을 목에 걸고 어깨를 으쓱거리며 걸었다. 팔도건강원이 시장 초입에 있는 천냥백화점 앞에서 걸음을 멈추고 자신의 핸드폰으로 천득의 핸드폰 번호를 눌렀다. 천득은 걸음을 멈췄다. 핸드폰에서 흘러나오는 신호음 소리가 신기해서 입을 딱 벌리고 웃었다.

"여기서 이런 소리가 나오면 뚜껑을 열고 귀에 대란 말여."

팔도건강원은 한심하다는 얼굴로 폴더를 열고 핸드폰을 천득의 귀에 갖다 댔다.

"아여! 내 말 들려?"

"응."

천득은 귀에 대고 있던 핸드폰을 내리고 팔도건강원을 바라봤다.

"이런 젠장, 팔자에 없는 조교 노릇까지 할라니까 힘들구먼. 내 말 똑똑히 들어, 여기서 아까처럼 벨소리가 들리면 이 뚜껑을 열고 귀에 대고 말을 하란 말여, 내가 다시 신호를 보내 볼 테니까, 다시 해 봐."

팔도건강원은 짜증이 난 목소리로 천득을 바라보던 시선을 거두고 핸드폰 번호를 누르기 시작했다.

천득은 폴더 뚜껑을 열고 귀에 갖다 대고 눈을 껌벅껌벅거렸다. 팔도건강원이 천득의 솥뚜껑 같은 손을 끌어 내리고 잠깐 기다리라고 말했다. 그 사이에 길을 가던 행인들이 하나 둘 모여 들었다.

"천득이 핸드폰 샀구먼."

"천득이 출세했네."

"천득이 성공했구먼.

"핸드폰 샀으니까 이제 애인만 있으면 되겠네."

상인들이 한마디씩 하는 말끝에 은행에 볼일을 보러 갔다가 오는 중인 시장닭집 여자가 거들었다.

"에이, 천득이는 여자 모르잖아. 그치?"

천냥백화점이 팔도건강원을 뒤로 밀어내고 천득이에게 핸드폰 받는 법을 가르쳐 주다가 물었다.

"드……등신. 우……우리, 엄마 여자, 서……선화 보살, 여자."

천득은 천냥백화점을 바라보며 한심하다는 얼굴로 웃었다.

"그려, 그려, 엄마도 여자고 선화보살도 여자지. 어이구 똑똑해라."

시장닭집이 금방이라도 천득의 엉덩이를 툭툭 쳐 줄 것 같은 목소리로 하는 말에 구경꾼들이 와르르 웃기 시작했다.

④ 작가 관찰자 시점은 작가가 외부 관찰자의 입장에서 객관적으로 서술하는 시점이다. 작가는 A와 B의 행동만 보여 준다. 서술자는 A와 B의 행동만 서술하기 때문에 독자들의 상상력을 증폭시킬 수 있다.

Tip

이튿날이다.

팔도건강원은 천득이를 데리고 큰길가에 있는 핸드폰 가게로 갔다. 팔도건강원이 핸드폰 가게 주인에게 천득의 주민등록증을 내밀었다. 핸드폰 가게 주인이 주민등록증을 확인하고 나서 단순하면서도 화면이 큰 핸드폰을 권유했다.

팔도건강원이 대신 서류에 서명을 하고, 핸드폰가게 주인에게 천득어미의 국민기초수급자와 장애인수당이 입금되는 통장 번호를 알려줬다.

"좋아, 나 이거 좋아."

핸드폰 가게를 나온 천득은 핸드폰을 목에 걸고 어깨를 으쓱거리며 걸었다. 팔도건강원이 시장 초입에 있는 천냥백화점 앞에서 걸음을 멈췄다. 그의 핸드폰으로 천득의 핸드폰 번호를 눌렀다. 천득은 걸음을 멈추고 핸드폰에서 흘러나오는 신호음 소리에 입을 짝 벌리고 웃기만 했다.

"여기서 이런 소리가 나오면 뚜껑을 열고 귀에 대란 말여."

팔도건강원이 한심하다는 얼굴로 폴더를 열고 핸드폰을 천득의 귀에 갖다 댔다.

"아여! 내 말 들려?"

"응."

천득이 귀에 대고 있던 핸드폰을 내리고 팔도건강원을 바라봤다.

"이런 젠장, 팔자에 없는 조교 노릇까지 할라니까 힘들구먼. 내 말 똑똑히 들어, 여기서 아까처럼 벨소리가 들리면 이 뚜껑을 열고 귀에 대고 말을 하란 말여, 내가 다시 신호를 보내 볼 테니까, 다시 해 봐."

팔도건강원은 천득을 바라보던 시선을 거두고 핸드폰 번호를 누르기 시작했다. 천득이 폴더 뚜껑을 열고 귀에 갖다 대고 눈을 껌벅껌벅 거렸다. 팔도건강원이 천득의 솥뚜껑 같은 손을 끌어 내리고 잠깐 기다리라고 말했다. 그 사이에 길을 가던 행인들이 하나 둘 모여 들었다.

"천득이 핸드폰 샀구먼."

"천득이 출세했네."

"천득이 성공했구먼.

"핸드폰 샀으니까 이제 애인만 있으면 되겠네."

팔도 건강원은 상인들이 한마디씩 하는 말끝에 귀에 익은 목소리에 고개를 돌렸다. 은행에 볼일을 보러 갔다가 오는 중인 시장닭집 여자 목소리다.

"에이, 천득이는 여자 모르잖아. 그치?"

천냥백화점이 팔도건강원을 뒤로 밀어냈다. 천득이에게 핸드폰 받는 법을 가르쳐 주다가 물었다.

"드……등신. 우……우리, 엄마 여자, 서……선화 보살, 여자."

천득이가 천냥백화점을 바라보며 한심하다는 얼굴로 웃었다.

"그려, 그려, 엄마도 여자고 선화보살도 여자지. 어이구 똑똑해라."

시장닭집이 금방이라도 천득의 엉덩이를 툭툭 쳐 줄 것 같은 목소리로 하는 말에 구경꾼들이 와르르 웃기 시작했다.

여기서 잠깐!

시점은 처음부터 일관성을 유지해야 한다. 1인칭 주인공 시점에서 관찰자 시점으로, 또는 전지적 시점으로 옮겨다니며 갈지자 걸음을 해서는 안 된다. 처음 소설을 쓸 때는 1인칭 주인공 시점으로 쓰는 것이 편하고 빠르다. 물론 소설을 빠르고 편하게 쓰는 것이 능사는 아니다. 그럼에도 1인칭 시점을 추천하는 까닭은 기본적으로 소설 한 편을 완성해 보자는 취지에서다.

장편소설 한 편을 완성해 보면 탄력이 붙어서 두 번째부터는 훨씬 편하고 빠르게 쓸 수 있다. 그때는 주인공 관찰자 시점도 써 보고, 전지적 입장도 써 보자. 그래도 늦지 않을 테니까.

11단계: 묘사하기

1. 묘사 맛들이기

영화나 드라마를 볼 때 배경음악이 없다면 보는 재미는 반감하고, 배우들이 아무리 호소력 있는 연기를 해도 감정선을 자극하기 어렵다. 배우들의 연기력이 좀 미숙하더라도 슬플 때는 슬픈 음악이 받쳐주고, 기쁠 때는 즐거운 음악이 받쳐 준다면 감정선을 쉽게 자극할 수 있다.

소설도 그렇다.

묘사가 없는 소설보다는 묘사가 있는 소설이 훨씬 감정이입이 쉽고 작품에 신뢰를 준다. 잘된 묘사는 작가의 사상과 인생관을 독자에게 생생하게 보여준다.

소설을 처음 쓰면서 묘사에 집중을 하다 보면 도무지 집중이 되지 않는다. 일단 스토리부터 써 놓고 주요 부분에 묘사를 하면 훨씬 쉽게 묘사를 할 수 있다.

초심자는 어느 부분을 묘사해야 하냐는 질문이 있을 수도 있다.

스토리 전체를 묘사할 것인가? 물론 불가능한 것은 아니다. 하지만 맛있는 음식도 계속 먹다 보면 그 맛이 그 맛이다. 맛있는 음식은 가끔 먹어야 그 진미(眞味)를 알 수 있다. 묘사도 그렇다. 그냥 평범하게 서술해야 할 부분이 있는가 하면 묘사를 함으로써 평범한 서술까지 빛나게 만드는 부분이 있다.

① 시작 부분

사람은 누구나 전문관상가가 아니더라도 50%의 관상은 볼 줄 안다고 한다. 첫인상을 보면 대충 그 사람의 됨됨이를 알 수 있다는 말이다. 소설에서도 시작 부분은 매우 중요하다. 외국 소설 같은 경우 시작 부분을 묘사하는 데 몇 페이지를 훌쩍 넘기는 경우도 흔하다. 시작 부분이 잘 묘사되면 그 감동은 소설을 다 읽을 때까지 이어질 것이다.

② 갈등(위기)이 심화되는 부분

소설은 결국 사람이 사는 이야기다. 사람들도 세상을 살아가면서 갈등을 겪을 때가 많다. 그 갈등이 최고조가 될 때 심리적으로 공황상태가 된다. 이럴 때 누군가 당신의 마음을 가장 적절하게 비유해 주는 말은 평생 간직하게 된다. 소설에서도 갈등(위기)이 심화되는 부분을 묘사처리해 주면 효과를 극대화할 수 있다.

③ 작품과 배경이 일치되거나 밀접한 부분

여행을 갔을 때, 예를 들어서 제주도로 여행을 갔다고 치자. 제주도를 떠올리면 가장 먼저 떠오르는 것이 한라산일 것이다. 제주도라는 작품에서 한라산은 매우 중요한 자리를 차지하고 있다. 이때 한라산에 대해 정밀묘사를 해 주지 않으면 제주도라는 작품은 영혼을 잃은 것과 같다.

④ 결말 부분

클라이막스가 인상적인 영화는 극장을 나서도 오랫동안 기억에 남는다. 소설에서도 결말 부분은 시작 부분 못지않게 중요한 역할을 한다. 그러므로 결말을 밋밋하게 끝내기보다는 묘사로 처리해 주는 것이 좋다.

2. 묘사의 종류

묘사에는 설명적 묘사와 인상적 묘사가 있다. 설명적 묘사는 대상에 대한 지식과 정보를 전달하는 묘사로, 대상을 자세하게 관찰한 후 그 결과를 정확하고 구체적으로 묘사한다. 설명적 묘사는 있는 그대로의 사실을 치밀하게 그리는 것이므로 관찰하는 사람의 생각이나 견해를 첨가하지 않고 설명하기 때문에 객관적 묘사라고 한다.

객관적 묘사와 반대 개념의 인상적 묘사는 주관적 묘사라고도 한다.

인상적 묘사는 대상에서 마음에 와 닿는 느낌을 표현하는 방법이다. 객관적 묘사처럼 정밀하지 않아도 되고, 작가의 마음에 와 닿는 특징만 스케치를 해도 괜찮다.

3. 묘사는 어떻게

넓은 의미로 묘사는 표현, 서술, 설명 등도 포함이 된다. 그러나 통상적으로 묘사라고 하면 창작적인 의미로 사용한다. 창작론에서 말하는 묘사는 대상을 '구체적으로', '정확하게' 나타내는 것을 목적으로 한다.

묘사는 비유 등의 방법을 통하여 정보를 "살아 있게" 전달하는 방법을 말한다. 그림이나 음악도 뿌리는 같다. 장미꽃을 그리는 데 있어서 사진처럼 똑같이 그리지 않는다. 조도에 따라서 어떤 부분은 흐릿하고, 어떤 부분은 세밀하게 그려서 사진보다 더 생동감 있게 그릴 수 있다.

음악에 있어서도 마찬가지다. 한 편의 음악은 같은 박자나 리듬만으로 이루어지지 않는다. 때에 따라서는 격정적으로, 어느 부분은 느리고 평화롭게 감정의 격차를 조절하는 것을 묘사라 할 수 있다.

문학에서의 묘사는 일반적으로 서술하는 '서사적 묘사'가 아닌 사물이나 현상이 지닌 성질, 인상을 감각적으로 표현하는 서술 형식이다.

(1) 천득어미는 키가 백오십 센티 정도로 주름살이 많은 노

파다. 낡은 옷에 슬리퍼를 신고 있다.

(2) 키가 백오십 센티 정도도 안 되어 보이는 쪼그랑망태 노파는 반질반질 윤이 나는 딱총나무 지팡이를 들고 있었다. 햇볕에 그을린 얼굴은 그물을 뒤집어 쓴 것처럼 주름살이 쪼글쪼글했고, 눈은 쥐눈처럼 작았다. 바짝 마른 옥수수수염 같은 머리카락은 파마 흔적이 있는데 꽁지머리를 하고 있었다. 빨랫줄에 널려서 일 년쯤은 비바람을 원도 한도 없이 맞은 것처럼 매미 허물 같은 블라우스를 받쳐 입은, 무명치마는 달랑 끌어 올려서 무릎뼈가 훤하게 드러났다. 흰색 양말에 파란색 고무 슬리퍼를 신은 그녀 뒤에는 키가 2미터가 넘어 보이는 구척장신의 우람한 사내가 두 팔을 길게 늘어트리고 구부정한 자세로 따라오고 있었다.

위 (1)과 (2)의 차이는 무엇일까. (1)보다 (2)가 오감을 살릴 수 있는 구체적인 언어를 사용하여 다른 대상에 비유를 하는 등 보다 살아 있는 정보를 전달하고 있다고 볼 수 있다.

여기서 잠깐!

처음 소설을 쓰면서 묘사하기란 쉽지 않다. 묘사를 하는 데에는 많은 경험과 시간이 필요한 것이 사실이다. 좋은 묘사를 하겠다는 부담감을 갖지 않으면 많은 경험이 없어도 어느 정도 수준에 맞는 묘사를 할 수 있다. 단, 묘사를 하면서 다음 사항은 주의하는 것이 좋다.

(1) 묘사 문장은 간결한 것이 좋다. 너무 긴 문장은 흐름을 깨트릴 수도 있다. 비가 떨어져 빗물이 되어 냇물로 흘러가듯이 자연스러운 문장이 좋다.
(2) 본질에 맞지 않는 미사여구(美辭麗句)는 가능한 한 피하는 것이 좋다. 핵심 없이 화려한 어휘만을 남발한다면 정작 중요한 부분의 묘사가 퇴색할 수 있다.
(3) 한 단락의 문단이 묘사만으로 이루어지면 의미가 없다. 서술은 묘사에 수반된다. 서술과 묘사가 적당히 어우러질 때 묘사는 더욱 빛이 난다. 이때 서술과 묘사는 동반관계를 유지해야 한다. 서술은 좋은데 묘사가 약해도 안되고, 묘사는 좋은데 서술이 뒷받침해주지 못해도 안 된다.
(4) 사람을 묘사할 때는 얼굴에서 몸으로 확대해 나간다. 한꺼번에 묘사할 생각은 하지 말고 부분적으로 묘사를 해 나가는 것이 효과적이다.

12단계: 시작 부분 다듬기

1. 첫인상이 오래 간다

초대를 받고 처음 방문하는 집의 첫인상은 현관에 있다. 현관에 있는 신발장이나 바닥이 깨끗하게 정돈되었는지에 따라서 그 집 전체의 이미지가 좌우된다. 그 다음으로 화장실의 정리 상태를 보면 그 집의 문화를 파악할 수 있다.

사람에 대할 때도 첫인상은 매우 중요하다. 첫인상이 좋으면 처음 만나는 사이에도 호감이 생겨 대화가 술술 풀린다. 반대로 첫인상이 좋지 않으면 나중에 그 사람과 사이가 좋아질지는 몰라도 당장은 마음의 문이 쉽게 열리지 않는다.

소설도 첫머리에 감정이입이 되면 좀처럼 손에서 책을 놓지 않는다. 서점에 가서 책을 구입할 때도 그렇다. 중간쯤을 펼쳐 보고 책을 구입하는 경우는 드물다. 대개는 첫 페이지를 읽어 보고 마음에 들면 책을 구입한다.

소설의 첫머리는 집의 현관과 같고 사람의 첫인상과 같아서 여간 신경 쓰이는 부분이 아니다. 더구나 처음 소설을 쓰는 경우는 어떻게 시작을 해야 할지 머릿속이 깜깜해지는 경우가 많다.

그럴 때는 첫머리를 빼 놓고 쓰는 것도 좋은 방법이다. 결말을 지어 놓은 다음에 보면 어떻게 첫머리를 시작해야 할지 감이 온다. 이 책에서 지시하는 것처럼 첫머리를 아무렇게나 써 놓고 탈고를 할 때 고치는 것도 좋은 방법이다.

다시 한 번 언급하지만 소설은 완성되지 않으면 소설이 아니다. 시작 부분에 집중하지 말고 생각나는 대로 시작을 하는 것이 좋다. 처음 소설을 쓰기 시작한다면 1인칭으로 시작하는 것이 편하고 부담 없다. 대충 생각나는 대로 쓰려고 해도 첫머리가 써지지 않는다면 첫머리 부분은 제외하고 쓰기 시작하는 것도 좋은 방법이다. 소설을 완성한 후에 첫머리 부분을 고치게 되면,

① 소설을 써야 한다는 부담감이 없어져서 좋은 내용이 나온다.
② 전체적인 스토리를 알고 있어서 극적인 효과를 만들기가 쉽다.
③ 이미 써 놓은 부분이 있어서 묘사를 하거나 은유적으로 쓰기가 쉽다.

소설가 전상국은 "성공한 소설은 대체로 그 첫머리가 잘 풀렸다고 작가들은 말한다. 첫 매듭이 잘 풀려야 일이 제대로 풀리는 이치 그대로이다"* 라고 했다. E.A.포우가 말한 "첫머리의 실패는 소설

* 전상국, 『소설 창작교실: 당신도 소설을 쓸 수 있다』, 문학사상사, 1991, p.273.

실패의 첫걸음이다."라는 말과 같은 맥락이다.

필자의 경험을 비추어 볼 때도 소설의 첫머리가 괜찮으면 스토리가 술술 풀린다. 그만큼 소설의 첫머리는 중요하고, 많은 작가들이 독자들의 시선을 사로잡을 만한 첫머리를 쓰기 위해 고심을 많이 한다. 반복해서 말을 하지만 처음부터 첫머리 부분에 집중하다 보면 쓰기를 포기하거나, 첫머리 부분이 너무 좋아지면 그 부담감 때문에 스토리가 이어지지 않을 수 있다는 점을 기억하자.

소설이 완성되었으면 첫머리 부분을 수정해야 한다. 첫머리를 고칠 때 지켜야 할 점은, 우선 시선을 사로잡아야 한다는 것이다. 둘째로 깊이가 있어야 하고, 셋째로 긴장미가 있어야 한다.

2. 시선을 사로잡아야 한다

쇼윈도에 걸려 있는 옷이 시선을 사로잡는 이유는 뭔가 특별한 점이 있기 때문이다. 주인의 입장에서 보면 길을 지나가는 행인들을 낚기 위한 것일 수도 있다. 부정적인 측면으로 바라보면 낚싯밥이라고 할 수도 있으나 반드시 그렇지는 않다. 물고기도 자신의 기호에 맞는 먹이가 아니면 물지 않는다는 점을 생각해 보면 상술의 하나라고 볼 수 있다.

소설의 서두도 쇼윈도에 걸려 있는 옷만큼이나 시선을 사로잡을 수 있어야 한다. 독자들의 시선을 사로잡으려면 낡은 관습에서 벗어나 새로워야 한다. 첫머리 부분이 구태의연하거나 자극적이지 않고 밋밋하면 책을 덮어 버리거나, 설령 인내심을 갖고 읽기 시작하더라도 감동이 크지는 않을 것이다.

새롭다는 것은 '기존의 것과 다르다'는 것을 뜻하기도 하지만 신선하다는 의미도 있고, 또는 낯설다는 의미도 있다. 독자들은 늘 기존의 방법에서 벗어나 신선하게 와 닿는 작품을 갈구한다는 점을 잊어서는 안 된다.

새롭게 쓰라는 것은 기존의 형식으로부터 벗어난 새로운 형식이나, 형태를 말하는 것이다. 여기서 말하는 기존의 형식이란 대화체로 시작한다든지, 모호한 질문을 던지는 것으로, 혹은 전화를 받는 것으로 소설이 시작하는 등 이미 여러 작가들이 사용한 형식을 말한다.

이문구의 연작 소설 『관촌수필』* 은 1인칭 주관적 시점으로 서술된 작품이다. 이문구 소설의 독특한 문체는 다른 작가들의 작품과 확연하게 구분된다. 연작소설 『관촌수필』 중 첫 번째 작품인 〈일락서산(日落西山)〉도 독자가 작품을 대하는 순간 능청맞도록 자연스러운 충청도 사투리를 접하게 된다. 동시에 다른 작품에서는 느낄 수 없었던 신선한 충격에 사로잡히게 될 것이다. 이처럼 첫머리가 기존의 틀을 벗어나서 새롭게 와 닿으면 소설을 읽는 재미를 더욱 줄 수 있을 뿐만 아니라 독자의 시선을 사로잡을 수도 있다.

---

* 이문구의 연작 소설 『관촌수필』은 비교적 사실적 체험을 바탕으로 하여 농촌 문제를 여유롭고 걸쭉한 입담과 해학으로 접근한 농민소설이다.

시골엔 다녀오되 성묘를 볼 일로 한 고향길이긴 근년으로 드문 일이었다. 더욱이 양력 정초에 몸소 그런 예모를 가려 스스로 치름은 낳고 첫 겪음이기도 했다. 물론 귀성열차를 끊어 앉고부터 '숭헌, 뉘라 양력 슬두 슬이라 이른다더냐, 상것들이나 왜놈 세력(歲曆)을 아는 벱여…….' 세모가 되면 한두 군데서 들오던 세찬(세밑에 선물하는 물건)을 놓고 으레 꾸중이시던 할아버지 말씀이 자주 되살아나 마음 한 켠이 결리지 않은 바도 아니었지만, 시절이 이런 시절이매 신정 연휴를 빌미할 수밖에 없음을 달리 어쩌랴하며 견딜 거였다. 그러나 할아버지한테 결례(불효)를 저지르고 있다는 느낌을 나 자신에게까지 속일 순 없었다.

— 이문구의 연작 『관촌수필』 중 〈일락서산〉 도입부

3. 깊이를 느낄 수 있게 써야 한다

깊이라는 말은 여러 가지 뜻을 가지고 있다. 단순하게 겉에서 속까지의 깊이를 말하는 것이지만, 문장에서는 생각이나 사고 따위가 듬쑥하고 신중하다는 뜻이다. 첫머리 부분이 아무리 신선하고 새롭더라도 문체나 문장에 깊이가 없다면 인상 깊게 읽히지 않는다. 그래서 첫머리의 인상이 강렬하면 작품의 본문 내용도 잘 썼다는 느낌을 받는다. 반대로 내용이 아무리 좋아도 첫머리가 무미건조하면 책을 구입할 의사도 없어질 뿐만 아니라, 작품의 내용도 좋아 보이지 않는다.

김승옥의 『1964년 겨울』* 은 1인칭 관찰자 시점으로 쓰인 작품이다. 이 작품의 첫머리는 대뜸 '1964년 겨울을 서울에서 지냈던 사람이라면 누구나 알고 있겠지만'이라는 말로 시작한다. 공감대를 형성한 다음에 1964년 서울의 겨울밤 풍경을 세밀하게 묘사하여 독자에게 깊은 인상을 준다.

> 1964년의 겨울을 서울에서 지냈던 사람이라면 누구나 알고 있겠지만, 밤이 되면 거리에 나타나는 선술집—오뎅과 군참새와 세 가지 종류의 술 등을 팔고 있고, 얼어붙은 거리를 휩쓸며 부는 차가운 바람이 펄럭거리게 하는 포장을 들치고 안으로 들어서게 되어 있고, 그 안에 들어서면 카바이드 불의 길쭉한 불꽃이 바람에 흔들리고 있고, 염색한 군용 잠바를 입고 있는 중년 사내가 술을 따르고 안주를 구워 주고 있는 그러한 선술집에서 그날 밤, 우리 세 사람은 만났다. 우리 세 사람이란 나와 돗수 높은 안경을 쓴 안(安)이라는 대학원 학생과, 정체는 알 수 없지만 요컨대 가난뱅이라는 것만은 분명하여 그의 정체를 꼭 알고 싶다는 생각은 조금도 나지 않는 서른대여섯 살짜리 사내를 말한다.
>
> — 김승옥의 『서울, 1964년 겨울』 도입부

* 김승옥의 단편소설 『서울, 1964년 겨울』은 현대 사회의 지식인이 가진 내면의 고뇌와 인간 소외(익명성)를 그린 소설이다.

4. 긴장하게 만들어야 한다

선물을 받을 때 상대방으로부터 포장지 안에 들어 있는 선물의 내용물에 대해서 전해 들은 경우와 모르는 상태에서 포장지를 뜯을 때의 기분은 다르다. 선물의 내용물을 미리 알고 있다면 필요에 따라서 포장지를 뜯지 않고 그냥 방치해 두는 경우도 있을 것이다. 그러나 내용물이 무엇인지 모른다면 당장 뜯어보고 싶은 기분이 들 것이다.

소설에서도 같은 이치가 적용된다. 신선하고 깊이가 있는 문장이라도 '왜'라는 반문이 일어나지 않으면 본문을 읽고 싶은 궁금증이 반감된다. 그래서 신선하고 깊이가 있는 문장이라도 '왜'라는 반문이 일어나게 만들어야 한다.

'왜'라는 반문은 호기심이기 전에 심리적으로는 긴장된다는 말과 같다. 자, 그럼 어떤 식으로 첫머리를 장식하면 좋을지 예를 들어보기로 하자.

공지영의 『고등어』* 는 1994년 출간된 이후 현재까지 꾸준히 팔리고 있는 작품이다. 1인칭으로 써진 작품의 서두는 "대체 이유가 뭐야, 그가 물었다. 그건……"이라는 대화체 문장을 던져 줌으로써 독자들을 긴장시킨다.

> 대체 이유가 뭐야, 그가 물었다. 그건…….

---

* 공지영의 장편소설 『고등어』는 80년대를 거쳐 90년대에 이른 젊은이들의 꿈과 슬픔을 노은림과 김명우라는 인물을 통해 형상화한 소설이다.

당신을 사랑하지 않는다는 걸 이제사 알았기 때문이야, 라고 나는 대답했다. 그는 어이없다는 표정으로 나를 바라보더니 말했다. 미쳤군. 나는 방으로 들어가려는 그의 팔을 잡고 말했다.

건섭 씨를 사랑한다고 믿었었어. 굳게 믿었었지. 하지만 아니었어. 이 깨달음이 내게는 얼마나 소중한 건지 건섭 씬 모를 거야. 그러자 그는 더 이상 상대하기도 경멸스럽다는 듯 그 특유의 웃음을 지으며 원래 불륜의 맛이란 게 그렇게 짜릿한 거야, 하고 말하고는 방문을 쾅 하고 닫아 버렸다. 나는 어젯밤 챙겨 두었던 가방을 들고 버스 정류장으로 나갔다. 마지막으로 진심을 다해 미안하다고 말하고 싶었지만 그럴 기회마저 잃고 말았던 거다.

(87년 10월, 노은림의 유고 일기 중에서)

그 전화가 걸려온 날 오후 명우는 부천에서 돌아오고 있었다.

딸아이 명지와 하루를 놀아 주고 오는 길이었다. 아이에게 약간 열이 있었기 때문에 그는 지난달 아이와 헤어지면서 약속했던 대로 동물원에는 갈 수가 없었고 그래서 대신 백화점에 가서 풍선과 스파게티만을 사주고 이별을 했던 것이었다. 그랬기 때문에 여느 때 아이를 보러 갔던 날과는 달리 그는 좀 일찍 집으로 돌아오고 있었다.

— 공지영의 『고등어』 중에서

첫머리 부분을 새롭게, 깊이 있고 긴장감 있게 쓰라고 해서 본문과 아무런 인과관계가 없는 내용을 써서는 안 된다. 앞에서 언급한 것처럼 첫머리는 소설의 얼굴이다. 바꿔서 말한다면 본문은 몸통이라고 할 수 있다. 따라서 첫머리 부분은 본문과 인과관계가 있어야 한다.

당신이 써 놓은 스토리의 첫머리 부분도 본문과 인과관계가 있게 하려면 어떻게 써야 할지 연구해 보자.

본문은 첫머리와 인과관계가 있으면서 시선을 사로잡을 만한 소재를 찾아보자.

Tip

해가 질 무렵이다.

원조순댓국집 안에는 비릿한 냄새가 후끈후끈하게 고여 있었다. 여섯 개의 테이블이 꽉 차 보이는 좁은 홀에 벽걸이 선풍기가 뿜어내는 바람은 미지근했다. 베니어판을 잇대어 붙인 천장 구석은 자루처럼 축 늘어졌고, 노란색 파리 진드기가 행사장의 만국기처럼 줄을 지어 매달려 있다. 선풍기 바람이 파리진드기를 스쳐 가면 새카맣게 달라붙어 있는 파리들의 날개가 파르르 떨다가 주저앉는다.

노란색 비닐장판을 깔아 놓은 술청 위에는 대를 물려가면서 주인들에게 오랜 세월 동안 난도질을 당한 도마가 길게 누워 있다. 도마 앞에는 잔술을 마시는 손님들이 안주로 먹는 고춧가루 섞인 왕소금이며, 양념이 말라붙은 깍두기 접시가 있다. 순대를 찍어 먹어서 잡채

토막이며 고기 조각과 시커먼 돼지 피가 범벅이 되어 시커먼 왕소금 접시에는 파리 몇 마리가 한가하게 앉아 있다.

"비 온다는 말 못 들어 봤지……"

채소를 파는 청산상회 남편이 혼잣말로 중얼거리며 가게 안으로 들어왔다.

"비 온다는 말은 못 들어 봤지만, 오늘이 오십년 만에 젤 덥다는 뉴스는 들었슈."

시장통 쪽으로 내 놓은 탁자에는 순대며, 돼지머리, 족발, 삶은 내장들이 담긴 광주리들이 늘어서 있다. 그 앞에서 능숙하게 족발의 살을 발라내고 있던 순댓국집 여자가 목소리만 들어도 누군지 알겠다는 목소리로 대꾸했다.

"비가 오면 와서 걱정, 안 오면 안 와서 걱정……"

청산상회 남편도 드럼통처럼 펑퍼짐한 몸에 짤막한 키의 순댓국집 여자를 바라보지 않았다. 냉장고 문을 열고 반 병짜리 소주병을 꺼내 들고 술청 앞에 섰다. 왕소금 접시 옆에 엎어져 있던 맥주컵을 뒤집는 기척에 파리들이 잠깐 날아올랐다가 이내 주저앉는다.

순댓국집 여자는 삶은 돼지머리 고기를 큼직하게 잘랐다. 그것을 다시 잘게 세 조각으로 잘라서 손바닥만 한 접시에 얹어 도마 앞에 내밀고 청산상회 남편을 바라본다. 청산상회 남편은 소주가 절반 정도 담긴 맥주컵을 엄지와 집게손가락만 이용해서 들었다. 시선은 천장에 두고 눈을 끔벅끔벅거리며 천천히 술잔을 비운다. 땀 서너 방울이 묻어 있는 마른목에 비해 유난히 튀어 나온 목젖이 꿈틀거린다. 잔뜩 찡그린 얼굴로 술잔을 내려놓고 돼지머리 고기를 손가락으로 집어 살찐 파리 한 마리가 앉아 있는 왕소금에 척척 묻혔다. 돼지머리 고기를 우물우물 씹으며 남은 소주를 들고 냉장고 앞으로 걸어간다.

"그 술값은 계산 안 한 거유."

순댓국집 여자는 살을 발라낸 족발 뼈를 일회용 용기에 담는다. 그 위에 살코기를 두툼하게 덮어서 능숙하게 랩으로 포장을 한다. 그것을 광주리에 내 놓고 청산상회 남편을 바라본다. 엉덩이를 덮은 회색 반팔와이셔츠 밑으로 칠 부 바지를 입었다. 황새다리처럼 야윈 다리의 장딴지는 칠십대 노인이라고 믿어지지 않을 만큼 힘줄이 툭툭 불거져 나왔다.

"이따 와서 계산할 걸세."

청산상회 남편은 술청 앞으로 가서 남은 돼지머리고기 두어 점을 손으로 집어 한꺼번에 소금을 묻혔다. 소금덩어리가 씹히는 느낌이 들면서 몹시 짜다. 얼굴을 찡그리며 문 앞으로 가서 멈췄다. 돼지머리고기를 우물우물 씹으며 하늘을 본다. 구름 한 점 없는 서쪽 하늘이 붉게 타오르고 있다. 오늘 밤도 열대야에 편하게 자기는 다 틀렸다는 생각이 든다.

바람이 불 때마다 뜨거운 기운이 얼굴을 훅훅 덮는 변동시장 안은 찜통이 따로 없었다. 난전의 상인들은 천막 밑에서 팥죽 같은 땀을 흘리며 물건을 파느라 바쁘고, 손님이 없는 가겟집은 손뼉을 치며 호객행위를 하느라 얼굴을 시뻘겋게 달구고, 물건 가격이 비싸니 싸니 핏대를 올리는 상인의 목소리며, 짐을 잔뜩 실은 오토바이 엔진소리에, 광약장수가 마이크로 떠드는 소리가 뒤섞여서 시장 안은 수백 마리의 매미가 한꺼번에 울어대는 것처럼 징징거렸다.

첨보는 할망군데?

청산상회 남편은 시장 초입 쪽으로 무심코 시선을 돌렸다. 지팡이를 짚은 쪼글쪼글한 노파와 구척장신의 사내가 붉은 노을을 등으로 받으며 걸어오고 있었다. 짠맛이 남아 있는 혀를 쩝쩝거리며 발뒤꿈치를 들었다. 이른 아침부터 쥐구멍에 생쥐 들락거리듯 순댓국집에서 마신 잔 소주의 취기가 한꺼번에 몰려와서 몸이 앞뒤로 흔들거렸다. 천천히 순댓국집 문설주를 잡으며 눈을 질끈 감고 고개를 좌우로 흔들었다. 벽걸이 선풍기 바람에 순대 냄새가 비릿하게 코끝을 스쳐간다.

청산상회 남편은 문설주를 잡고 있던 손을 놓고 밖으로 나가서 노파와 사내를 향해 정면으로 섰다. 얼굴을 스쳐가는 바람이 뜨끈뜨끈했다. 흙먼지가 폴싹 일어났다가 맥없이 주저앉는다. 난전을 뒤덮은 천막을 붉은 혀로 핥아 내고 있는 노을을 등 뒤로 받으며 걸어오는 노파를 똑바로 바라보기 위해 눈을 비비고 나서 꽉 감았다가 떴다.

난전의 천막 밑에서 냉동동태를 토막 내고 있는 남자, 그 옆에서 도라지며 더덕을 라면박스 위에 올려놓고 파는 노파, 산더미처럼 쌓아 놓은 짝퉁 운동화 더미에서 자기 발에 맞는 운동화를 찾고 있던 이십 대 여자, 광약으로 냄비뚜껑을 반질반질하게 윤을 내며 목에 건 마이크에 쉬지 않고 음담패설을 늘어놓던 광약장수, 건어물포에서 점잖게 웃으며 오징어 다리를 뜯어내고 있던 여자, 그 광경을 못 본 척 중국산 마른 명태를 내미는 건어물포 주인이 약속이나 한 것처럼 한곳으로 시선을 고정시켰다.

키가 백오십 센티 정도도 안 되어 보이는 쪼그랑망태 노파는 반질반질 윤이 나는 딱총나무 지팡이를 들고 있었다. 햇볕에 그을린 얼굴은 그물을 뒤집어 쓴 것처럼 주름살이 쪼글쪼글했고, 눈은 쥐눈처럼 작았다. 바짝 마른 옥수수수염 같은 머리카락은 파마 흔적이 있는데 꽁지머리를 하고 있었다. 빨랫줄에 널려서 일 년 쯤은 비바람을 원도 한도 없이 맞은 것처럼 매미 허물 같은 블라우스를 받쳐 입은, 무명치마는 달랑 끌어 올려서 무릅뼈가 훤하게 드러났다. 흰색양발에 파란 색고무 슬리퍼를 신은 그녀 뒤에는 키가 2미터가 넘어 보이는 구척장신의 우람한 사내가 두 팔을 길게 늘어트리고 구부정한 자세로 따라오고 있었다.

청산상회 남편 눈에 쪼그랑 노파는 들어오지 않았다. 그녀 뒤에 서 있는 구척장신의 남자 얼굴을 바라보며 놀란 입을 턱 벌렸다. 어림짐작으로 손을 번쩍 들어야 구청장신의 턱을 만질 수 있을 것처럼 키가 컸다. 머리털 나고 처음 보는 거인이 신기하기도 하기도 했지만, 한편으로는 꿈을 꾸고 있는 것 같아서 눈을 비비고 다시 바라봤다.

13단계: 결말은 새로운 시작을 암시한다

드디어 대단원의 막을 내릴 때가 됐다. 만남은 끝이 좋아야 하고, 헤어지는 뒷모습이 아름다워야 다음에 또 만나고 싶은 기분이 든다.

포스터는 소설의 결말에 있어 사랑이 성립된 형태를 결혼으로 보고, 사랑이 깨진 형태를 죽음으로 바라봤다. 결혼으로의 결말은 주인공이 온갖 고생과 갈등을 겪다가 좋은 결과를 맺는 해피엔딩, 죽음으로의 결말은 주요 인물들의 갈등관계가 끝내 불화의 상태로 남아 있는 비극의 일종이다. 그러나 소설 속 결혼의 문제는 사건의 끝이 아니라 또 다른 사건의 시작으로 볼 수도 있기에 포스터의 이론은 다분히 상투성을 내포하고 있다.*

세상의 모든 이치는 상대성으로 존재한다. 하늘이 있으면 땅이 있고, 낮이 있으니까 밤이 있는 것이고, 육지가 있으니까 바다가 있다. 한 편의 소설을 완성하는 데도 같은 이치가 적용된다. 시작이

* 조남현, 『소설원론』, 고려원, 1988, p.177.

있으면 결말이 있다.

소설의 첫머리가 사람의 첫인상과 같다면, 소설의 결말은 다시 만날 것을 기약하는 무언의 약속과도 같다.

아무리 첫인상이 좋았더라도 결말이 시원치 않으면 다시 만나고 싶은 생각이 줄어든다. 예컨대, 소설의 첫머리 부분이 아무리 훌륭하더라도 결말 부분이 미진하면 감동이 줄어들 뿐만 아니라, 그 작가의 다른 작품을 찾아서 읽고 싶은 생각도 줄어든다. 그러한 맥락에서 볼 때 이별은 또 다른 만남의 시작이라는 말처럼, 소설의 결말은 또 다른 만남의 시작이다.

사람과 사람이 만나고 헤어지고, 또 만나는 데 있어서도 빌미라는 것이 있어야 한다. 연인 사이라면 사랑이 빌미일 것이고, 채권자와 채무자의 관계라면 채무액이 빌미일 것이고, 친구와 친구의 헤어짐이 만남으로 연결되려면 우정이라는 빌미가 있어야 한다. 사랑과 채무액과 우정이 없어져 버린다면 다시 만날 명분이 없어진다.

소설 안의 세상도 사람들이 살아가는 세상과 똑같다. 그런데도 마무리를 하는 과정에서, 그들은 두 번 다시 만날 필요가 없다고 단정을 짓는다면, 그들은 사랑해서 영원히 행복하게 살았다, 또는 그녀는 억척같이 살고 싶었는데 결국 죽고 말았다, 라고 결말을 확실하게 지어 준다면 다시 만나야 할 '빌미'가 없어진다.

즉, 소설을 마무리하는 데 있어서 '그 사람은 행복하게 살았다' 라든지, '그녀는 결국 죽고 말았다'라는 식으로 결말을 지어 준다면 독자는 감동을 느끼지 못할 것이다.

소설이란 작가가 자기 나름대로의 인생을 구성적으로 서술한 창조적이며 현실적인 이야기이기 때문이다. 그 이야기는 현재도 진행 중일 수도 있으므로 소설의 결말에 종지부를 찍는 것은 바람직하지 않다.

그래서 그들은 다시 만날지도 모른다, 그들은 행복하게 살아갈 것이다, 그녀는 죽음의 문턱 앞에 있지만 기적이 일어날지도 모른다, 라는 식으로 여운을 남겨 두어야 한다.

W.H.허드슨은 "소설은 인생의 해석이다"라고 말했다. 작가인 당신이 해석해 놓은 이야기를 독자들이 재해석하기도 한다. 앞에서 언급한 것처럼 독자들에게 재해석을 할 여지를 주려면 결말을 단정 지어서는 안 된다. 그래서 현대 소설은 결말을 단정 짓지 않고 다음 세계에서 벌어질 사건들은 독자의 상상에 맡겨 버린다.

다음 세 작품을 통해서 소설의 결말이 어떠한 느낌을 주는지 연구해 보도록 하자.

> 엄마의 가족을 격려하는 방식은 그 집의 낡은 부엌에서 음식을 만드는 일이다. 엄마는 가족들 사이에 감당하기 어려운 슬픔이 발생할 적마다 그 집의 재래식 부엌으로 들어갔다. 집안의 남자들. 사랑하지만 이따금 완전히 이해하기는 힘들었던 아버지와 장성해가는 아들들이 엄마를 실망시킬 적에도 엄마는 힘없이 부업으로 갔다. 엄마가 뭘 아느냐고 대드는 딸에게 놀랐을 적에도. 그 집, 재래식 부엌의 아궁

이 턱이나 그릇들이 엎어져 있는 살강 앞이, 엄마의 가슴속에 불어 닥친 슬픔을 견뎌 내는 유일한 장소였다. 부엌의 정령이 엄마에게 다시 힘을 불어넣는 듯 엄마는 그 장소에서 다시 용기를 내곤 했다.

기쁠 때나 가슴이 아플 때나 떠나보낼 때나 돌아왔을 때나 엄마는 음식을 만들어 밥상을 차리고 가족들을 상에 둘러앉게 하고 음식이 담긴 식기를 떠나야 할 사람이나 돌아온 사람 앞으로 밀어놓는다. 끊임없이 더 먹어라. 이것도 좀 먹어봐라, 식기 전에 먹어라. 저것도 먹거라.

— 신경숙의 『외딴방』* 결말 부분

아내가 병원을 다니러 가는 편에 아이들을 죄다 딸려 보낸 다음 나는 문간방을 샅샅이 뒤졌다. 방을 내준 후로 밝은 낮에 내부를 둘러보긴 처음인 셈이었다. 이사 올 때 본 그대로 세간이라곤 깔고 덮는 데 쓰이는 것과 쌀을 익혀서 담는 몇 점 도구들이 전부였다. 별다른 이상은 눈에 띄지 않았다. 구태여 꼭 단서가 될 만한 흔적을 찾자면 그것은 구두일 것이었다. 가장 값나가는 세간의 자격으로 장롱 따위가 자리 잡고 있을 꼭 그런 자리에 아홉 켤레나 되는 구두들이 사열받는 병정들 모양으로 가지런히 놓여 있었다. 정갈하게 닦

* 신경숙의 장편소설 『외딴방』은 주인공이 돌아보는 사춘기 삶을 통해 소멸을 향해 나아가는 존재들에 대한 슬픔을 말해주고 있다.

인 것이 여섯 켤레, 그리고 먼지를 덮어쓴 게 세 켤레였다. 모두 해서 열 켤레 가운데 마음에 드는 일곱 켤레를 골라 한꺼번에 손질을 해서 매일매일 갈아신을 한 주일의 소용에 당해 온 모양이었다. 잘 닦아진 일곱 중에서 비어 있는 하나를 생각하던 중 나는 한 켤레의 그 구두가 그렇게 쉽사리는 돌아오지 않으리란 걸 알딸딸하게 깨달았다.

권 씨의 행방불명을 알리지 않으면 안 될 때였다. 내 쪽에서 먼저 전화를 걸기는 그것이 처음이자 마지막이었다. 나는 되도록 침착해지려 노력하면서 내게 이웃을 사랑하게 될 거라고 누차 장담한 바 있는 이 순경을 전화로 불렀다.

— 윤흥길의 『아홉 켤레의 구두로 남은 사내』* 결말 부분

술집 안으로 들어가 그들 사이에 섞일까 어쩔까 하다가 병국은 무거운 발걸음을 되돌리고 말았다. 저들의 맺힌 한에 그 자신의 말이 아무런 도움이 못 될 것임을 알기 때문이었다.

바다와 하늘은 이제 잔광마저 어둠에 묻혀 지워져 버렸고 저 멀리 장진포 쪽의 등대만이 빤하게 불을 켜고 있었다. 그런데 병국의 눈앞에 홀연히 한 마리의 도요새가 날아올랐다. 도요새의 유연한 비상은 날개를 위아래로 움직여 나는

* 윤흥길의 중편소설 『아홉 켤레의 구두로 남은 사내』는 산업사회에서 소외된 변두리 인생의 어려운 삶을 그려낸 소설이다.

날개치기의 비행이 아니었다. 날개를 펼친 채로 기류를 교묘하게 이용하여 나는 돛 역할의 비행이었다. 맞바람의 상승 기류를 타고 동그라미를 그리며 공중 높이 올라갔다가 바람을 옆으로 받아 활공으로 미끄러져 내려오는 섬세한 율동이 눈앞에 잡힐 듯 떠올랐다. 도요새야, 너는 동진강 하구를 떠나 어디에다 새로운 도래지를 개척했느냐? 병국이가 낮은 소리로 중얼거리며 도요새를 따라갔다. 그러자 도요새의 비행은 그의 눈앞에서 곧 사라지고 말았다. 병국은 종점 쪽으로 걸음을 빨리했다.

— 김원일의 『도요새에 관한 명상』* 결말 부분

소설의 결말은 모든 상황이 분명해지는 부분이다. 주인공의 운명이 분명해지고, 성공이냐 실패냐 하는 순간 또는 주인공의 마지막 위치가 확정되는 순간이다. 즉, 문제의 해결, 새로운 안정의 기초를 독자에게 제시해 준다.

소설에서 성공의 여부를 판가름할 수 있는 부분도 바로 이 부분이다. 물론 끊임없이 갈등이 이어져야만 독자들을 제압할 수 있다. 그러나 아무리 갈등이 뛰어났다 하더라도 결말이 평이하게 나 버린다면, 독자들의 긴장은 반감되어 버린다.

---

* 김원일의 중편소설 『도요새에 관한 명상』은 우리 시대의 삶의 유형을 대변하는 네 명의 가족이 살아가는 이야기로 공해와 환경문제, 학생운동, 실향민의 망향 등을 다룬 소설이다.

그렇기 때문에 결말 부분은 가능한 독자들을 최후의 순간까지 우롱할 수 있는 장치로 이끌어야 한다. 소설의 절정으로 치닫는 순간 독자에게서 이 소설은 더 이상 읽어 볼 필요도 없이 결말이 눈에 보이는군, 이라는 비웃음이 튀어나온다면 그동안 한 자 한 자 공들여 써 온 작품이 허사가 되어 버릴 수도 있기 때문이다. 그 반대로 독자들을 최후의 순간까지 철저히 속이면 속일수록, 진한 감동을 주는 소설이 될 것이다.

14단계: 문체 다듬기

1. 문체란

자, 이제 고지가 눈앞에 보인다. 지금까지는 스토리를 완성하고 배경을 점검하고 캐릭터에 숨결을 불어 넣는데 집중했다. 지금부터는 문체를 다듬어야 한다. 문체를 다듬기 전에 문체가 무엇인지부터 알고 넘어가자.

문체라는 말은 원래 라틴어 스틸루스(stilus)에서 유래한 말이다. 스틸루스라는 말은 첨필, 철필, 바늘이라는 뜻으로 첨필이나 철필 모두 글을 쓰는 도구들이다. 문체란 문장에 나타나는 작가의 개성적 특성을 말한다. 여기서 작가의 개성적 특성이라는 말은 다른 작가의 문장과 단순한 차이점이나 특이성만 의미하지 않는다. 당신만이 쓸 수 있는 완성된 품격으로서의 개성적 특성을 의미한다.

처음에 소설을 쓰려는 사람들의 머릿속에는 자신의 문체가 들어있지 않다. 유명 작가의 문체나, 감동 깊게 읽은 부분의 문체를 기억하고 있다. 그래서 글을 쓸 때 유명 작가의 문체가 나오지 않으면 "나는 재능이 없다"라며 좌절하고 포기하는 경우가 많다.

처음 소설을 쓸 때는 스토리를 이어가기 급급해서 투박하고 거친가 하면 설명문처럼 쓰이기도 한다. 그러나 마음에 드는 글을 많이 읽고, 많이 쓰다 보면 하루가 다르게 문체가 좋아질 것이다.

문체는 손가락의 지문처럼 불변하는 것이 아니다. 문체는 노력하기에 따라서 얼마든지 변화가 가능하고 발전할 수도 있다.

여기서 잠깐!

문장과 문체는 다르다. 흔히 문장이 수려하다, 문장력이 좋다는 말을 자주 사용하는데 이때 문장은 하나로 통합이 된 사실이나 느낌을 나타내는 단어의 집합, 또는 글월이다. 사전적 의미로는 어(語), 구(句), 절(節)과 함께 문법을 나타내는 언어 단위의 하나이며, 또는 사고나 감정을 말로 표현할 때 완결된 내용을 나타내는 최소의 단위이다. 예를 들어서 "나는 커피를 마시고 그녀는 스마트폰을 보고 있다"라는 것이 문장이라고 할 수 있다.

2. 문체는 작가의 목소리다

작가마다 고유의 문체가 있다. 문체는 작가의 지문과 같으며 목소리와 같다. 작가 고유의 문체가 있기까지 그 과정은 천부적으로 주어진 것은 아니다. 습작시절부터 많은 글을 쓰면서 가꾼 끝에 이룩해 낸 것으로, 처음에는 거칠고, 문맥도 맞지 않고 엉성한 문체였을 것이다.

'모방은 창조의 어머니'란 말이 있다.

시인 푸쉬킨도, 화가 피카소도 모두 모방의 천재다. 좋은 문체를 만들려면 당신을 감동시키는 작가의 소설을 필사하는 것이 가장 효율적이고 빠르다.

필사(筆寫)란 그대로 베껴 쓴다는 의미이다. 컴퓨터를 이용해서 키보드를 두드리면 필사의 의미가 없다. 노트에 직접 써야 필사를 한 효과를 볼 수 있다. 그런 까닭에 단편소설 한 편을 필사하는 데도 많은 노력과 정성이 필요하다. 하지만 성경책도 몇 번씩 필사를 하는 신자들이 있다는 것을 생각하면 그리 어려운 일만은 아니다.

필사를 많이 하면 할수록 문체가 좋아지는 것은 사실이다. 단점이 있다면 자칫 아류가 될 수 있다는 점이다. 좋은 방법은 그때그때 좋아하는 문체를 읽으면서 모방을 하는 것이다.

이를테면 바닷가 풍경을 묘사한다고 치자. 내가 좋아하는 작가는 풍경 묘사를 어떻게 했는지 읽어 보면서 나름대로 묘사를 하면 비슷한 분위기를 풍기는 필체를 연출할 수 있다. 이러한 훈련을 계속하다 보면 나름대로 독창적이고 개성적인 문체를 만들 수 있다.

① 자기 수준(개성)에 맞는 문체를 사용해라. 작가들마다 개성이 다르다. 부드러운 문체로 쓰는 작가가 있는가 하면, 지적인 문체, 강한 문체, 논리적 문체 등 모두 다르다. 내가 가장 자신 있게 쓸 수 있는 문체는 가장 큰 장점이 될 수 있다.

② 억지로 꾸미려고 하면 문장의 흐름에 맞지 않는다. 느낌 그대

로 솔직하게 쓰는 것은 매우 중요하다. 즉 내가 가장 자신 있는 소재를 택하면 저절로 문체가 좋아질 수밖에 없다.

③ 관념적인 문체는 가급적 지양하라. 관념은 주관적으로 흐를 수 있고, 주관적으로 흐르다 보면 어느 한 단면만 보게 되기 쉽다.

④ 현란한 문체는 독자를 짜증나게 한다. 평범한 사실을 현란한 문체로 쓰면 오히려 독이 될 수 있다.

⑤ 작품의 분위기에 어울리는 문체로 써야 한다. 모든 작품에는 분위기가 있다. 밝고 어두운, 우울하고 절망적인, 기쁘고 슬픈 분위기에 맞는 문체로 쓰는 것은 매우 중요하다.

⑥ 나의 이야기를 쓸 때 목소리에 거짓이 섞이지 않도록 한다. 가장 자신 있는 소재로 소설을 쓸 때 문체는 저절로 빛나기 마련이다.

⑦ 가능하면 간결체로 써라. 처음 소설을 쓸 때부터 간결체로 쓰는 습관을 기르지 않으면 나중에는 고치기 힘들다. 다만 문장을 짧게 쓰라고 해서 일부러 잘라 쓰면 안 된다. 문장을 함축시켜서 쓰라는 의미이다.

15단계: 퇴고하기

1. 퇴고의 중요성

소설을 쓴다는 것은 카메라 파인더를 통해서 세상을 보는 것과 같다. 작가는 세상에 있는 수백 수천 가지의 사물 중에 오직 카메라 파인더를 통해 보이는 세상만 백지에 옮겨 놓는다.

좋은 사진에는 스토리가 담겨 있다. 단편이 스냅사진이라면 장편은 동영상과 같다. 카메라를 통해 본 동영상 한 편에 얼마나 많은 스토리를 담을 수 있을지는 몰라도 처음부터 완벽할 수는 없다. 중복되는 부분은 줄이고, 부족한 부분은 보충을 하고, 원래 말하고 싶은 스토리와 다른 스토리는 잘라내는 작업을 해야 한다.

퇴고라는 말은 중국 당나라 시인 가도(賈島)로부터 비롯됐다고 한다. 〈스님이 달빛 아래 문을 밀다〉의 '밀다(推)'를 '두드린다(敲)'로 바꿀까 말까 망설이고 있을 때 대문장가 한유(韓愈)를 만나 그의 조언으로 '두드린다'로 고쳤다는 고사에서 추고(推敲)가 아닌, 퇴고(推敲)라는 말이 유래했다고 한다.

퇴고의 중요성은 1954년 노벨문학상을 탄 어니스트 헤밍웨이가 한 말인 "퇴고하지 않은 소설은 쓰레기"라는 명언에 잘 나타난다. 헤밍웨이 역시 그의 대표작 가운데 하나인 『노인과 바다』를 이백 번이나 고쳐 썼다고 한다. 『무기여 잘 있거라』는 처음부터 마지막 페이지까지 총 서른 아홉번이나 새로 썼다고 한다.

2. 큰 소리로 읽어 보자

소설의 문장에도 리듬이 있다. 지나치게 긴 문장으로 이어지거나, 단문만으로 이어져 있으면 리듬감이 떨어진다.

원고를 큰 소리로 읽어 보면 눈으로 읽을 때와는 확연하게 다르다는 것을 알 수 있다. 경을 암송하듯이 빠르게 중얼거리면 효과가 없다. 초등학생이 일어서서 책을 읽듯이 읽어야 한다.

원고를 읽다가 숨이 차는 부분은 분명 만연체이다. 어느 문장에서 계속 걸리는 점이 있다면 똑같은 부사를 계속 사용하고 있을지도 모른다. '처럼' 같은 부사격조사나 '의' 같은 관형격조사 등 '처럼', '매우', '무척' 같은 단어를 무의식적으로 반복 사용했다면 이 과정에서 걸러낼 수 있다. 이럴 때는 편집의 "찾기" 기능을 통해서 일률적으로 전체를 수정하는 것이 좋다.

3. 반드시 인쇄물로 퇴고한다

요즈음은 노트북이나 데스크톱을 이용해서 소설을 쓰는 추세다.

퇴고 과정에서 모니터를 통해 원고를 읽으면 어느 부분을 수정해야 하는지 보이지 않는다. 그저 습관대로 부드럽게 읽힐 뿐이다.

장편소설은 원고 분량이 좀 많기는 하지만 반드시 인쇄해서 퇴고를 해야 한다. 이렇게 해야 모니터상으로는 보이지 않았던 오탈자나 반복되는 문장, 위화감을 주는 어휘, 내용과 맞지 않는 관용구들이 보인다.

4. 숙성시킨 다음에 퇴고해 보자

퇴고는 작가가 소설을 출간하기 전에 반드시 지켜야 할 의무다. 또한 고급독자들을 위한 배려이기도 하다.

한 편의 장편소설 원고를 완성하고 나면 소설을 쓸 때의 감정과 여운이 남아 있기 마련이다. 이때 퇴고를 하게 되면 고쳐야 할 부분들이 눈에 쉽게 들어오지 않는다. 퇴고 과정에 들어가기 전에 1주나 2주 정도 원고를 그대로 방치해 보자.

요즘 발효식품이 대세다. 발효식품이 몸이 좋은 이유는 숙성이라는 과정을 통해 1차적으로 소화를 시켰기 때문이다. 발효식품이 위 속으로 들어가면 소화 과정을 생략하고 그대로 몸의 영양분으로 흡수된다.

이와 마찬가지로 소설도 숙성을 시키면 그동안 눈에 보이지 않았던 단점이 새롭게 보이기 시작할 것이다.

한만수

작가 한만수는 충북 영동에서 태어났다. 은행과 보험회사를 17년 동안 다니는 틈틈이 습작을 하다 1990년부터 무작정 전업 작가의 길로 나섰다. 월간 〈한국시〉에 시 「억새풀」이 당선되어 등단하였으며 베스트셀러 시집 『너』를 비롯하여 시집 『백수 블루스』, 장편소설 『천득이』, 『파두』, 『우리 동네 소통령 선거』 등 그간 5권의 시집과 120여 권의 장편소설을 출간했다. 〈실천문학사〉 신인상과 제5회 이무영 문학상을 수상한 장편소설 『하루』는 원고지 1,200매 분량으로 주인공이 하루 동안 경험한 일을 쓴, 세계문학사에서 볼 때도 보기 드문 소설이다. 장편소설 『활』은 한국문화예술위원회 우수 도서로 선정되었다.

2014년 12월에는 12년 6개월 동안 집필한 대하장편소설 『금강』(전15권)을 완간했다. 『금강』은 우리나라 최초로 일제강점기부터 2000년도까지를 시대적 배경으로 하였으며, 동시대의 정치, 경제, 문화, 사회 그리고 물가 등을 사실적으로 재현했다는 점에서 주목을 받고 있는 소설이다. 늦깎이 공부를 시작해 경희사이버대학교를 졸업하고, 고려대학교 대학원에서 문학 석사 학위를 받고 박사 과정을 수학하다 중단했다.